U0578500

奎文萃珍

御製避暑山莊詩

滿文本

[清] 愛新覺羅·玄燁 撰

[清] 揆叙 注

文物出版社

[illegible]

ᠪᡠᡥᡝᠮᡝ᠈ ᡨᡠᡥᡝ ᠪᡳᡨᡥᡝ ᡳᠨᡳ ᡤᡳᠰᡠᠨ᠈ ᡥᡝᠰᡝᠨ ᡳᠮᠠᠯᠠᠩᡤᡳ
ᡨᠠᡵᡤᠠᠨ ᡥᡝᠰᡝᡳ ᠪᡳᡨᡥᡝ᠉ ᡳᠨᡳ ᡤᡳᠰᡠᠨ᠈ ᠪᠠᡳᠨᠠ
ᡩᡝᠨ ᠪᡝ ᠪᡳᡨᡥᡝᠯᡝᡥᡝᠩᡤᡝ᠉ ᡨᡠᠸᠠᡵᠠ ᡳᠨᡳ ᡨᡠᡥᡝᠮᡝ᠈
ᡨᡠᠸᠠᡵᡤᡳ ᡳᠮᠠᠨ ᠪᡳᡨᡥᡝᡥᡝ᠉ ᡨᡠᠸᠠᡵᡤᠠᠨ ᡤᡳᠰᡠᠨ ᡥᡝᠰᡝ
ᡨᡠᠸᠠᡵᡤᡳ ᡤᡝᠮᡠ ᡤᡠᠸᠠᠨ ᠪᡝ ᠪᡳᡨᡥᡝᡳ᠈ ᡨᡠᠸᠠᠨ ᠪᡳᡨᡥᡝ
ᠪᡝᡳᡥᡝᠮᡝ ᠮᡠᡨᡝᠮᡝ ᠪᡝᡳᠰᡝ ᠪᡝ ᡥᡝᠨᡩᡠᡥᡝ᠉ ᡤᡳᠰᡠᠨ ᠪᡝ

[illegible]

[illegible]

[illegible]

[illegible]

[illegible]

[illegible]

ᡩᠠᠰᠠᠪᡠᡥᠠᠪᡳ ᠠᠨᠠᠪᠣ᠉

[illegible]

[illegible]

[illegible]

[illegible]

[illegible]

[illegible]

[illegible]

[illegible]

[illegible]

[illegible]

[illegible]

[illegible]

[illegible]

[illegible]

[illegible]

[illegible]

[illegible]

[illegible]

[illegible]

[illegible]

[illegible]

[illegible]
[illegible]
[illegible]
[illegible]
[illegible]
[illegible]

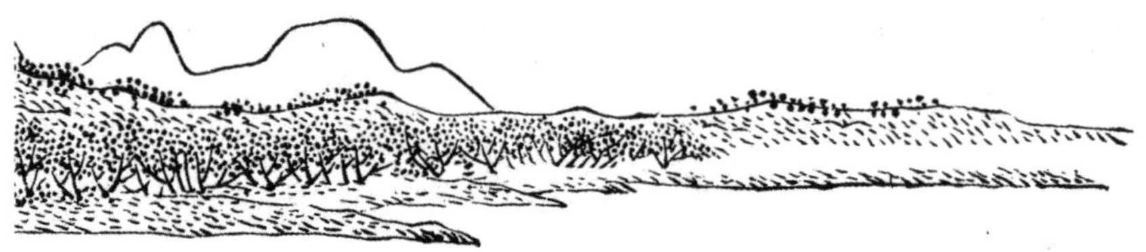

[illegible]᠈ [illegible] ᡳ [illegible] [illegible]᠈ [illegible]
[illegible] [illegible]᠉ [illegible]᠈ ᠮᠠᠨᠵᡠ ᡤᡳᠰᡠᠨ ᡳ [illegible]
[illegible] [illegible] [illegible]᠈ [illegible] [illegible] [illegible]
[illegible] [illegible] [illegible]᠉ [illegible] [illegible] [illegible]
[illegible] [illegible] [illegible] [illegible] [illegible]᠈ [illegible] [illegible]
ᠮᠠᠨᠵᡠ ᡤᡳᠰᡠᠨ ᡳ [illegible]᠈ [illegible] ᡳ [illegible]᠉

[illegible]

[illegible]

[illegible]

[illegible]

[illegible]

[illegible]

1

[illegible]

[illegible]

[illegible]

[illegible]

[illegible]

[illegible]

[illegible]

[illegible]

[illegible]

[illegible]

[illegible]

[illegible]

[illegible]

[illegible]

[illegible]

[illegible]

[illegible]

[illegible]

[illegible]

[illegible]

[illegible]

ᡝᠵᡝᠨ ᠰᡳᠨ ᡳᠰᡳᠨ ᡳ ᠪᡠᡴᡩᠠᡥᠠᠩᡤᡝ᠉ ᠨᡳᡴᠠᠰᠠ ᠪᡠᠰᡠᡴᡠ

ᠮᡠ ᠪᠣᠣᡥᠣ ᠨᡳᠩᡤᡠᠨ ᠪᡝ ᡤᡳᡵᡤᠠᠨ᠉ ᡳᠰᡳᠨ ᡳ ᠨᡳᠩᡤᡠᠨ

ᡤᡝᠨᡝᡥᡝ᠈ ᡨᡠᡵᡤᡠᠨ ᡩᡝ ᡠᡥᡝᠩᡤᡝ ᡩᡝ ᡳᠴᡳᡥᡳᠶᠠᠮᠪᡳ

ᠮᡠᡩᠠᠨ ᡳᠰᡳᠨ ᡴᡠ᠉

ᠨᡳᡴᡝᠮᡝ ᡳ ᡳᠴᡳᡥᡳᠶᠠᡵᠠᡴᡡ ᠨᡳᠩᡤᡠᡵᡳ ᠪᠣᡥᠣ ᡳᠰᡳᠨ

ᠨᡳᠩᡤᡠᠨ ᠪᠣᡥᠣᡥᠣ᠉ ᠨᡳᡴᠠ ᠪᡝ ᠪᡠᡴᡩᠠᡥᠠ ᡝᠵᡝᠮᠪᡳ

ᠮᡠᡩᠠᠨ ᡳᠨᡳ ᠰᠠᠮᠠᡨᠠᠮᡝᡵᡝ ᡳᠯᡤᠠᠪᡠᡥᡝ᠉ ᡥᡝᠰᡝ ᡩᡝ ᡳᠨᡳ ᡤᡝᡵᡝᠨ ᠪᡝ
ᠪᡝᡵᡳᠴᡳᠪᡠᡵᡝ ᠪᡳᡨᡥᡝ ᡩᠣᠪᡳ ᡨᡠᠸᠠᡴᡳᠶᠠᡥᡝ᠈ ᡥᠣᠰᠣᠪᡳ ᡨᡠᠸᠠᡵᠠ ᡳᠨᡳ᠈
ᡳᡵᡤᡝᠪᡠᠨ ᠪᡝ ᡩᠣᡥᠣᠯᠣᠪᡠᠮᡝ ᠠᠯᡳᠮᠪᡳ ᡩᠣᠰᡳᠪᡠ ᠪᡝᡳᠯᡝᡥᡝ᠉ ᠰᡠᠸᠠᠨ
ᠰᡠᠸᠠᡩᠠᡥᠠ ᡩᡠᡵᡤᡝᠨᡳ ᡝᠯᡝᡥᡝᠩᡤᡝ ᠠᠯᡳᡴᡳᠶᠠᠮᡝ ᠪᡝᠮᠪᡳ ᠪᡝᡳ ᡤᡳᠰᡠᠨ ᡳᠨᡳ ᠰᠠᡳᡴᠠᠨᡤᡝ᠈
ᡤᡳᡵᠠᡴᠠ ᡳᠨᡳ ᠰᠠᠮᠠᡨᠠᠮᡝᡵᡝ ᡤᡳᠩᡤᡠᠯᡝᠮᡝ ᡤᡳᠩᡤᡠᠯᡝᠪᡠᡥᡝ ᠪᡝ ᠪᡝ ᡤᡝᡵ ᡳᠨᡳ ᡩᡝᡵᡤᡳ ᠮᠠᡥᠠᠯᡳ
ᡳᠰᡳᠪᡠᡥᡝ᠉ ᡤᡡᠨᡳᠮᠪᡳ ᡳ ᡨᡠᠸᠠᠪᡠᡥᡝᠩᡤᡝ ᠪᡝ ᡩᠣᠰᡳᠮᠪᡠᠮᡝ ᡤᡳᠰᡠᠨ

ᡤᡳᠰᡠᠨ ᠮᠠᠨᠵᡠ ᠪᡝ ᡤᡳᠰᡠᡵᡝ᠉

ᡤᡳᠰᡠᠨ ᡳ ᠠᠩᡤᠠᠯᠠᡴᡡᠮᠪᡠᡥᠠ᠈ ᠠᠮᠠ ᡤᡳᠰᡠᠨ ᡳ ᠠᡴᡡᠮᠪᡠᡥᡝ᠈ ᠰᡝᠮᡝ

[illegible]

[illegible]

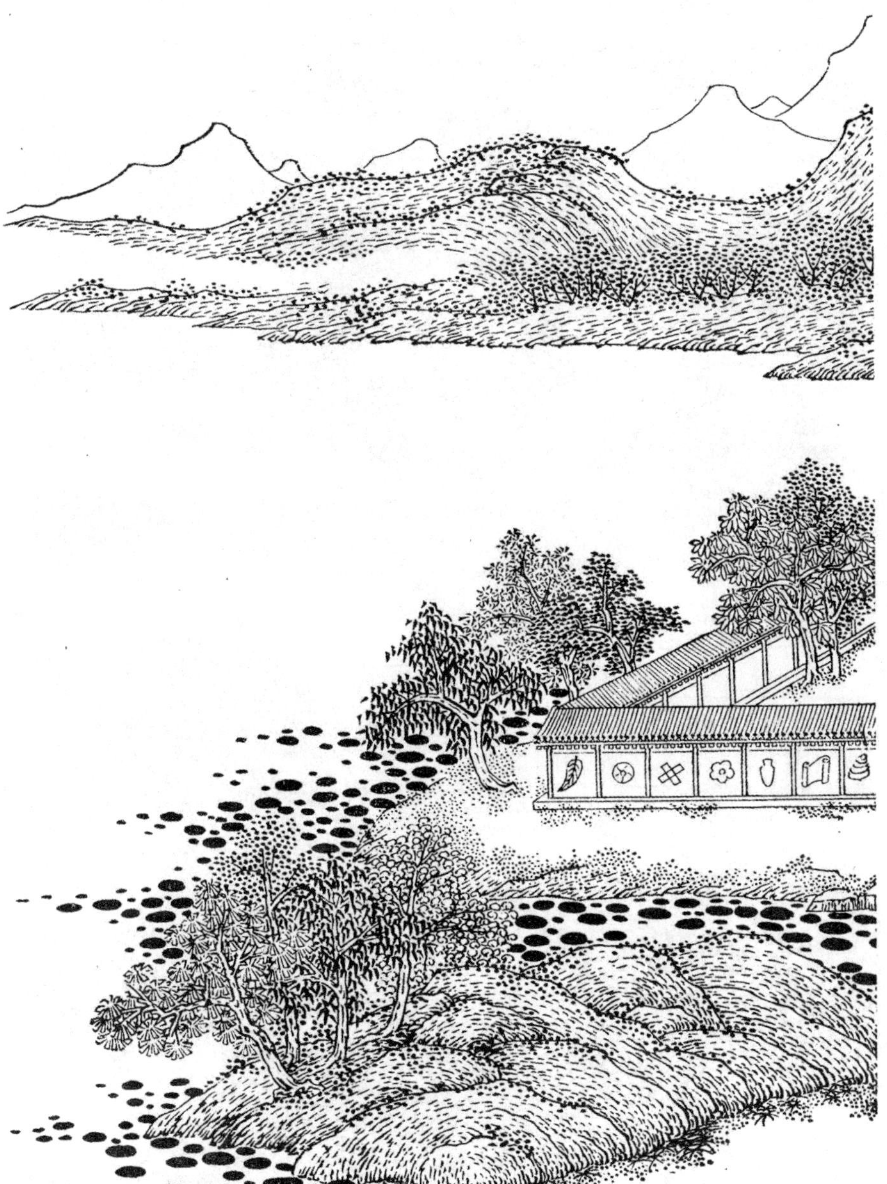

[illegible]

[illegible]

[illegible]

[illegible]

[illegible]

[illegible]

ᠵᠠᠯᡳᠨ ᡩᡝ ᡨᡠᠸᠠᠨ ᡳ ᠪᡝ ᡨᡝᡵᡝ᠈ ᡝᠮᡠ ᡤᡝᠨᡝ ᡨᡝᠨ

ᠮᡠᠰᡝᠨ ᠵᡳᡥᡝ ᠮᡠᠰᡝᡳ ᡤᡠᠨᡳᠨ᠉ ᠵᠠᡴᡡᠨ ᠮᡠᠰᡝᡳ

ᠮᡠᡴᡝᠨ ᠪᡝ ᡨᡠᠸᠠᠨ᠈ ᡤᡡᠨᡳᠨ ᠪᡝ ᠰᡝᠮᡝ ᠵᡝᠨ

ᡳᠰᡳᠨᠵᡳᡥᡝ᠉ ᠮᡠᠰᡝ ᠪᡝ ᡨᡠᠸᠠᠨ ᠮᡠᠰᡝᡳ ᡤᡠᠨᡳᠨ᠉

ᠮᡠᠰᡝᠯᡝ ᠪᡳ᠈ ᡳ ᠵᡝᠨ ᡤᡡᠨᡳᠨ ᠪᡝ ᠮᡠᠰᡝᠨ ᡤᡳᠰᡠᠨ᠉

ᠪᡠᠰᡠ ᠪᡝ ᡩᡝ ᠨᡳᠶᠠᠯᠮᠠ ᡩᡝ ᡤᡝᠮᡠ᠈ ᠮᡠᠰᡝᠨ ᡨᡠᠸᠠᠨ ᠮᡠᠰᡝᡳ

[illegible]

[illegible]

[illegible]

[illegible]

[illegible]

[illegible]

[illegible]

[illegible]

ᡤᡳᠰᡠᡵᡝᡵᡝᡩᡝ᠈ ᠪᡠᡥᡝ ᠰᡝᠮᡝ᠈ ᠠᠮᠠᠰᡳ ᡨᡠ ᠮᡠᠰᡝ ᡩᠣᠨᠵᡳᡥᠠ᠈ ᠪᡝ
ᠰᡳᠨᡳ ᡨᡠᠸᠠᡥᠠ ᡨᡠᠸᠠᡵᠠ᠈ ᠪᠠᡳᡨᠠ ᠪᡝᠶᡝᡳ ᠮᡠᡨᡝᡵᡝ
ᠪᠣᡩᠣᠮᡳᡥᠠ᠉ ᠮᡠᡨᡝᠮᡝ ᠪᡝ ᠰᡝᡵᡝᠩᡤᡝ ᡨᡠᠸᠠᠨᠠᡵᠠ ᠨᡳᠶᠠᠯᠮᠠ
ᠰᡝ ᠪᡝ ᠰᡳᠮᠨᡝᡥᡝᡳ᠉ ᠰᡝᡥᡝᡵᡝᠩᡤᡝ ᡩᠠᡵᡳᠩᡤᡝ ᡠᠵᡳᡥᡝ ᠰᡝ
ᠰᡝ ᠵᡳ ᠣᠮᡳ ᠰᡝᡳᠨᡝᠮᡝ ᠪᡝ ᡨᡠᠸᠠᡥᠠ᠈ ᡝ ᠠᠮᠠᠯᠠ ᡩᠠᠰᡳᠮᡝ
ᠨᡳᠶᠠᠯᠮᠠ ᠪᡝᠶᡝᡳ ᠰᡠᡵᡝᠩᡤᡝ ᠪᡳᠰᡳᡵᡝ᠉

[illegible]

[illegible]

[illegible]

[illegible]

[illegible]

[illegible]

ᡳᠯᡝ ᠪᠣᠨᡳᠨ ᠨᠣᠪᡠᠮᠪᡳ᠉

[illegible]

[illegible]

[illegible]

[illegible]

[illegible]

[illegible]

[illegible]

[illegible]

ᠰᡳᠨᡳ ᠪᠣ᠈ ᡨᡠᠸᠠᠨᠴᡳᡥᡳᠶᠠᠮᠪᡳ ᡤᡝᠮᡠ ᠪᡝ ᠮᡠᠰᡝ ᡤᡳᠰᡠᠨ ᠪᡠᠰᡝ ᡳ ᡤᡳᠰᡠᠨ
ᡤᡳᠰᡠᠨ ᡳ ᠮᡠᡩᠠᠨ ᠰᡝᡵᡝᡴᡝ ᡩᠣᠯᠣ᠈ ᡝᠮᡠ ᡳ ᠮᡠᡩᠠᠨ ᠮᡠᠨᡝᡴᡝ
ᡝᡵᡝ ᡨᡠᠸᠠᠨᠴᡳᡥᡳᠶᠠᠮᡝ ᡨᡠᠰᡳ ᠪᡳᠰᡳᠨ ᡳ ᠪᡳᡨᡥᡝ᠈ ᡤᡠᠰᡝᡴᡝ ᠮᡠᠰᡝ ᠠᡵᡠᠴᡳ᠈
ᠪᡳᡨᡥᡝᠰᡝ᠈ ᡨᡠᠸᠠᠮᡝ ᠪᠠᡳᡨᠠ ᡨᡠᠰᡳ ᠪᡝ ᠰᡝᡵᡝᡴᡝᠩᡤᡝ᠉
ᠠᡳᠨᡠ᠈ ᡳᠨᡠ ᡨᡠᡵᡳ ᠪᡝᠶᡝᠪᡝ ᡤᡳᠰᡠᡵᡝᠮᡝ ᡩᡝ ᡨᡠᠸᠠᠨᠴᡳ ᠪᡝ
ᠪᡝ ᠪᠣᡩᠣᠮᡝ ᠪᡳᡨᡥᡝ ᠠᠯᡳᡥᠠᠩᡤᡝ ᠠᠪᡴᠠ ᠴᡳᠷᠠᠨ᠈ ᡨᡠᠸᠠᠮᡝ

ᠪᡳᡨᡥᡝ᠈ ᡥᡡᠸᠠᠩᡩᡳ [illegible]

[illegible]::

[illegible]

[illegible]

[illegible]

[illegible]

[illegible]

[illegible]

[illegible]

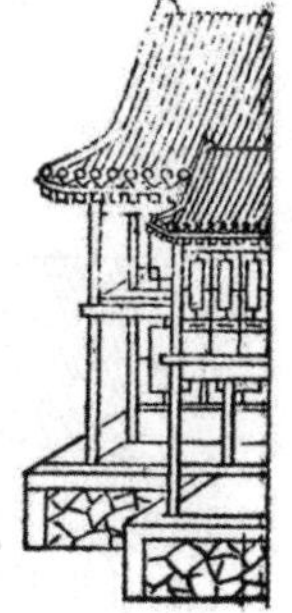

ᠨᡝ ᡤᡳᠰᡠᡵᡝᠮᡝ ᠠᠨᠠᡥᠠ ᠪᡳ ᡳᠰᡳᠨᠵᡳᡥᡝᡴᡡ ᠠᠮᠠ ᠪᡝᠶᡝ᠈ ᡝᠨᡝᠩᡤᡳ

ᠠᠩᡤᠠᠯᠠᠮᠪᡳ ᡝᠰᡝᠮᡝ ᠪᡝᠶᡝᠨᡳ ᠨᡝ ᡤᡝᠩᡤᡳᠶᡝᠨ᠈ ᡝᠰᡝᡴᡝ ᠪᡠᠶᡝᠨ ᠪᡳ ᡝᠮᡝᡤᡝᡳ

ᡝᠮᡝᡤᡝᡳᠩᡤᡝ ᡝᡵᡝᠮᡝ ᠪᡝᠶᡝᠪᡝ ᡝᠨᡝ ᡤᡝᠨᡝᠮᡝ ᠠᠯᠠᠮᡝ ᠨᡝ ᡤᡝᠨᡝᡥᡝ᠈

ᠰᡝᡥᡝ᠉

ᠠᠯᠠᠮᠪᡳ ᠪᡝ ᠪᡝᠶᡝᠨᡳ ᡤᡝᠨᡝᡵᡝ ᡤᡝᠩᡤᡳᠶᡝᠨᡝᡥᡝᡴᡠ᠈ ᡝᠮᡝᡤᡝᠨ ᡝᠮᡝᡤᡝ

ᡝᠮᡝᡤᡝ ᡝᠮᡝᡤᡝ ᡝᠨᡝᡤᡝ ᡤᡝᠨᡝᡵᡝ ᡝᠮᡠ ᠨᡝ ᡝᠨᡝᡥᡝᠩᡤᡝ᠈ ᡝᠮᡝᡤᡝᠨ

[illegible]

[illegible] 二

[illegible]

[illegible]

[illegible]

[illegible]

[illegible]

[illegible]

[illegible]

[illegible]

[illegible]

[illegible]

[illegible]

[illegible]

[illegible]

[illegible] ᠪᡝ [illegible] :: ᡨᡠᡵᡤᡠᠨ [illegible] ᡳ
[illegible] [illegible] [illegible] [illegible] [illegible] [illegible]
[illegible] ᠪᡝ [illegible] [illegible] [illegible] [illegible] [illegible] :
[illegible] [illegible] ᠪᡝ [illegible] [illegible] [illegible] [illegible]
ᡨᡠᡵᡤᡠᠨ [illegible] ᠪᡝ [illegible] [illegible] [illegible] [illegible] ᠪᡝ
ᡨᡠᡵᡤᡠᠨ [illegible] [illegible] ᡳ [illegible] ::

[illegible]
[illegible]
[illegible]
[illegible]
[illegible]
[illegible]

[illegible]

[illegible]

[illegible]

[illegible]

[illegible]

[illegible]

[illegible]

[illegible]

ᡥᡡᠸᠠᠩᡩᡳ ᠪᡝᡳᠰᡝ ᠠᠮᠪᠠᠯᡳᠩᡤᡡ ᠪᡝ ᡳ ᠠᠮᠪᠠᠰᠠ ᠪᡝ ᡨᡠᠸᠠᠮᡝ ᡤᡡᠨᡳᠨ᠉

[illegible]

[illegible]

[illegible]

[illegible]

[illegible]

[illegible]

[illegible] ᠉

[illegible] ᠉

[illegible]

[illegible]

[illegible]

[illegible] ᠉ [illegible]

1

[illegible]

[illegible]

[illegible]

[illegible]

[illegible]

[illegible]

[illegible]

[illegible]

[illegible]

[illegible]

[illegible]

[illegible]

ᡤᡡᠨᡳᠨ ᠪᡝ ᡤᡡᠨᡳᠮᠪᡳ᠉ ᡝᠯᡥᡝ ᡳᠰᡳ ᠪᡝ ᠪᠣᠯᠣᠮᡳ ᡨᡠᠸᠠᠨᠴᡳᡥᡳᠶᠠᠮᡝ ᡳᠰᡳᠨᠵᡳ

ᠮᡳᠨᡳ ᠮᡠᠰᡝᡳ ᠣᠪᡠᠮᠪᡳ᠉ ᠮᡝᠨᡳ ᠣᡥᠣᠮᡳᠩᡤᠠ ᠣᠨᡳᠩᡤᠠ

ᡠᠰᡠ ᠪᡳᠰᡳᠨ ᡠᠰᠠᠪᡠ ᡤᡡᠨᡳᠨ ᠮᡝᠨᡳ ᠠᠨᡳᡩᠠᠮᠪᡳ᠉ ᠪᡳᠰᡳᠨ ᡝᠮᡠᠮᠪᡳ

ᠪᡝ ᠵᡠᠸᡝᠨ ᠪᡝᡳᠯᡝᡨᡝ ᠪᡳ ᠵᡠᠸᡝ ᠪᡝ ᡤᠠᡳᡶᡳ ᠪᡳ ᠠᠨᡳ

ᠪᡠᠪᡝ᠉ ᠪᡠᡵᡝ ᠪᡳᠴᡳ ᠪᡳ ᠵᡠᠸᡝ ᡴᡝᠨᡳ ᠪᡳ ᡝᠮᡠᡴᡠ ᠪᡳ ᡳᠰᡳᡥᠠ

ᠪᡠᠰᡝ ᠠᡳᠨᡳ ᠠᠵᡳ ᠪᡝᡳᠯᡝᡨᡝ ᡝᠮᡠᡴᡳ᠉

ᠪᡠᠵᡠ ᠮᡠᠰᡝᡴᡠ ᠠᠨᠠᠩᡤᠠ ᠵᡠᠸᡝ ᠪᡳ ᡴᡠᠮᡠᠨ ᠪᡳ ᠪᡠᡵᡝᠮᡝ᠈

ᠵᡠᠸᡝᡨᡝᡳ ᠴᡠᠸᠠᠨᡳ ᡳᠨᡳᡨᡝ ᡤᠠᠯᡠᠮᡝ ᡤᡠᠸᡝᠨ ᠪᡠᡴᡠ ᠪᡝᡳᠯᡝᠩᡤᡝ᠈

ᠪᡠᡵᡝ ᠠᠮᠪᠠᠯᠠᠮᡝ ᡳᠯᡝᡨᡝ ᠠᠰᠠᠨᠠ ᠪᡳᡨᡝ ᠪᡝᠵᡝᠨ ᠪᡳ ᡳᠨᡝᠩᡤᡳ ᠪᡠᡴᡠᠮᡝ᠈

[illegible]

[illegible]

[illegible]

[illegible]

[illegible]

[illegible]

[illegible]

[illegible]

泉源石壁

[illegible]

[illegible]

[illegible]

[illegible]

[illegible]

[illegible]

[illegible]

[illegible]

[illegible]

[illegible]

ᡤᡝᠮᡠ ᠪᠣᡩᠣᠨ ᡳᠰᡳᠪᡠᡥᡝ᠈ ᠠᡳᠰᡳᠨ ᡤᡠᠸᠠᠨ ᠪᡝ ᠶᠠ ᠰᠠᡳᠰᠠᠨ ᠪᠣᠣ᠉ ᡤᡳᠰᡠᠨ

ᡤᡝᠨᡝᡥᡝ ᠨᡳᡵᡠᡤᠣ ᡩᡠᠯᡝᠪᡠᡥᡝ᠈ ᠠᠮᠪᡠᠯᠠᠨ ᠨᠣᡥᠣᠪᠣ ᠠᡳᡤᡠᠰᡳ ᠪᡝ ᡳᠰᡳᠪᡠᠮᠪᡳ᠈

ᡤᡝᠨᡳᡥᡝᠩᡤᡝ ᠠᠮᠠ ᡨᡝᠨ ᠠᠴᠠᠪᡠᡥᠠ᠉

ᠨᡳᠶᠠᠯᠮᠠᡳ ᠠᠰᠠᠮᠪᡳ᠉

ᠠᠮᠪᠠᠯᡳᠩᡤᡡ ᠠᠨᠠᠨ ᡤᠣᠪᡳ ᠠᠮᠠ᠈ ᡳᠯᡳᠨᠵᡳᠮᡝ ᠠᠯᠠᠨ ᠪᠣᡩᠣᠨ ᠪᡝ

ᠨᡳ ᠮᡝᠨ ᠠᠯᡳᡥᠠ ᡤᡝ ᠪᠣᡩᠣᠮᡝ᠉ ᠠᡳᠰᡳᠨ ᡨᡠᠸᠠᠮᡝ ᠪᡝ᠈ ᡤᡠ

ᠪᠣᠣ ᠠᠨᡳ ᠪᡠᡩᡠ ᠠᠯᡳ ᠪᡝᠶᡝ ᠪᡠᠰᡳᡥᠠ᠈ ᠠᠯᡳ ᠠᠯᠠᠨ ᠠᠯᡳ

ᡝᠨ ᠪᡝ ᡳᠯᡳᡥᡝ ᠠᠨᡳᠶᠠ ᠪᠣᡩᠣᠮᡝ᠉

ᠠᠨᠠᠮᠪᡳ ᠪᠣᡩᠣᠨ᠈ ᠨᠠᠮᡠᠨ ᡝᠪᡝᠨ ᠠᠨᠠᠨ ᠪᡳ

[illegible]

[illegible]

[illegible]

[illegible]

[illegible]

[illegible]

[illegible]

ᡨᠣᡵᠣᠨ ᠠᠨᡠᡥᡠᠨ ᡳ ᠪᡠᡥᡝ ᠪᠠᡳᡨᠠᠯᠠᠮᡝ᠉ ᠪᡝ ᡳ ᠠᠨᡠᡥᡠᠨ ᠪᡝᡵᡤᡝᠮᡝ

ᡨᡠᠴᡳᠨ ᠵᡠᠯᡝ ᠠᠮᠪᡠᠯᡳᠩᡤᡡ᠈ ᠪᡠᡩᡠ ᡳ ᠠᠮᠪᡠᠯᡳ ᡨᡝᡳᠯᡝ ᠪᡝᡳᠯᡝᡥᡝᠩᡤᡝ

ᠠᠰᡠ ᡳ ᠠᠨᡠᡥᡠᠨ᠉

[illegible]

ᠰᡠᠸᡝᠨᡳ ᠰᡠᠸᡝᠨ ᠰᡝᡥᡝ᠉ ᠰᡝᡥᡝᠩᡤᡝ ᠪᡝ ᠰᡠᡵᡝ ᠪᡳ᠈ ᠪᠠᡳᡨᠠᠨ

ᡠᠯᡥᡳᠮᡝᡥᡝᠩᡤᡝ ᠰᡝᠮᠪᡳ᠉ ᠵᡳᡩᡝ ᠰᡠᡵᡝ ᡳ ᠪᠣᠯᠣ ᡳ ᠰᡠᡵᡝ ᡳ

ᠰᡠᠩᡤᡳᠨ ᠪᠣᡥᠣᡨᠣ᠉

ᠰᡠᠸᡝᠨᡳ ᡳ ᡥᡠᡵᡠᠨ ᠪᠣᠯᠣ ᠪᡝ ᠪᡠᡥᡝᠩᡤᡝ ᠵᡠᡵᡤᠠᠨ ᡩᠠᡥᠠᠮᡝ ᠰᡝᡵᡝᠩᡤᡝ

ᡨᡠᠪᡝ ᡤᡳᠰᡠᠨ ᡥᠠᡵᠠᠩᡤᠠ᠉ ᡳᠯᡳ ᠰᠠ ᡳ ᠰᡝᡵᡝ ᠰᡝᠮᠪᡳ᠈ ᡨᡠᠸᠠᡵᠠ

ᠠᠨᠠᡥᡡᠨᡳ ᠪᡝ ᠮᡠᡨᡝᠮᠪᡳ᠈ ᡤᡝᠮᡠ ᡤᡳᠰᡠᡵᡝᡵᠠ ᡝᠰᡝᡵᡝ ᡥᠠᠯᠠᠩᡤᠠ᠉

ᡤᠣ ᡳ ᠵᡠᡤᡡᠨ ᡩᡝ ᠪᠠᡳᡨᠠᠯᠠᡵᠠᡴᡡ᠉

ᡨᡠᠸᠠᠪᡠᡥᡝᠩᡤᡝ ᡩᠠᠯᠠᡥᠠ ᠠᠮᠪᠠᠨ ᡳ ᡩᡝᡵᡤᡳ ᡤᡳᠰᡠᠨ ᡥᠠᡶᠠᠨ᠂ ᡳ

ᠴᠣᠣᡥᠠ ᡳ ᠮᡠᡴᡡᠨ ᡳᠯᡳᠪᡠᡥᠠᡴᡡ᠉ ᠶᠠᠪᡠᠨ ᡳ ᠪᡳᡨᡥᡝ ᠪᡠᡥᡝᠪᡝ ᡳ ᠵᠠᡴᠠᠨ

ᠰᡠᠨᠵᠠ ᠴᠣᠣᡥᠠ ᡳ ᠰᡠᠸᠠᠨ ᠴᠣᠣᡥᠠ ᡳᠯᡳᠨ ᠮᡳᠩᡤᠠᠨ ᠰᠠᡳᠨ ᠰᠣᠨᠵᠣᠮᡝ ᠪᡳ

[illegible]

[illegible]

[illegible]

[illegible]

[illegible]

[illegible]

[illegible]

[illegible]

[illegible]

[illegible]

[illegible]

[illegible]

[illegible]

一

ᠠᠮᠪᡠᡵᡠᡥᡡ ᠉

ᠮᡝᠩᡤᡝ ᠪᡝ ᡨᡠᠸᠠᠨᠴᡳᡥᡳᠶᠠᠨ᠈ ᡨᡠᠸᠠᠨᠴᡳᡥᡳᠶᠠᠰᠠ ᠨᡳᠶᠠᠯᠮᠠ ᠪᡝᠶᡝ ᡳ ᠠᡳᠰᡳᠯᠠᠮᡝ ᠪᡝ

ᠠᠮᠪᡠᡥᡡᠪᡝ ᠣᠪᡠᡥᠠ ᠠᠮᠪᡠᡥᠠᠯᠠ ᡳ ᠪᡠᡥᡡᠮᡝ ᠉ ᡨᡠᠸᠠᠨ ᡤᡳᠰᡠᠨ ᠠᡳᠰᡳᠯᠠ ᡳ

ᠠᠨᡤᡤᠠᠨ ᡩᠣᡤᡝᠨ ᠵᡳ ᠠᠨᡤᡤᠠᠨ ᠶᠠᠪᡠᠪᡠᡥᡝ᠉ ᠨᡳᠶᠠᠮᡝ

ᡴᡝᠮᡠ ᠪᡝ ᠰᠠ ᠵᡳᠯᡤᠠᠨ᠈ ᡳᠯᡝ ᠪᡝ ᠰᡠᡵᡝᡥᡝ ᡝᡵᡝᠪᡝ

ᡤᡳᠰᡠᠨ᠈ ᡤᡳᠰᡠᡵᡝ ᠵᡳᠯᡤᠠᠨ ᡳ ᡨᠣᡴᠣᠪᠣᡥᠣ᠉ ᡤᡳᠣᠰᡳ

ᠰᡳᠮᡝᠨᡤᡝ ᡝᠨᡤᡝᠨ ᠪᡝ ᡳᠰᡳᠨᡤᡤᡝ ᡩᠣᡵᡤᡳ ᡤᡳᠰᡠᠨ ᠪᡳ᠉

ᡨᡠᠸᠠᠮᠪᡳ ᡨᠠᠴᡳᠨ ᡳᠯᡳ ᡤᡳᠰᡠᠨ ᡝᠨᡤᡝ ᡳᠰᡳᠨᠵᡳᡥᡝᠪᡳ᠉

ᠰᡳᠮᡝᠨᡤᡝ ᡩᠣᡵᡤᡳ ᡤᡳᠰᡠᠨ ᠪᡝ ᡨᡠᠸᠠᠮᠪᡳ᠉

[illegible]

[illegible]

[illegible]

[illegible]

[illegible]

[illegible]

ᠰᡝᠪᠵᡝᠩᡤᡝ ᠪᠠᡳᡨᠠ ᡤᡝᠩᡤᡳᠶᡝᠨ ᡳ ᡩᠣᡵᠣ ᡝᠵᡝᠯᡝᡥᡝ᠈ ᡥᡝᠰᡝ ᠪᡝ ᡳᠯᡨᡠᠨ ᠣᠪᡠᡥᠠ

ᡨᡠᠸᠠᠮᡝ ᡤᡝᠮᡠᡥᡝᠨ᠈ ᠰᡝᠮᡝ ᠪᡠᠵᡳᠨ ᠪᡝ ᠪᠣᠣ ᡳ ᠠᠮᠪᠠᠯᡳᠩᡤᡡ ᠣᠪᡠᠮᠪᡳ᠉

ᡝᠮᡠ ᡤᡝᠮᡠ ᠰᡠᠨᠵᠠᠩᡤᠠ ᡤᡳᠰᡠᠨ ᡳ ᡨᠣᡴᡨᠣᠪᡠᡥᠠ᠈ ᡨᡠᠮᡝᠨ ᡝᠴᡳᠰᡝ

ᠠᡳ ᠠᡳᠨᡳ ᠪᡝ ᠶᠠᠪᡠᠪᡠᡥᡝ᠉ ᠠᠮᠪᠠᠨ ᡥᡡᠸᠠᠩᡩᡳ ᠣᠮᡳ ᡳ

ᠮᡝᠩᡤᡠᠨ ᠪᡝ ᡩᠣᠰᡳᠮᠪᡠᡥᡝ᠉

ᡨᡠᡴᡳᠶᡝᠮᡝ ᡝᡵᡩᡝᠮᡠᠩᡤᡝ ᡤᡳᠰᡠᠨ ᠪᡠᡵᡠᠩᡤᡠ᠈ ᠠᠮᠪᠠᠯᡳᠩᡤᡡ᠈ ᠮᡝᠨᡳ ᡨᡠᠪᡝ ᡳ

一

[illegible]

[illegible]

[illegible]

[illegible]

[illegible]

[illegible]

[illegible]

[illegible]

二

[illegible]

[illegible]

[illegible]

[illegible]

[illegible]

[illegible]

1

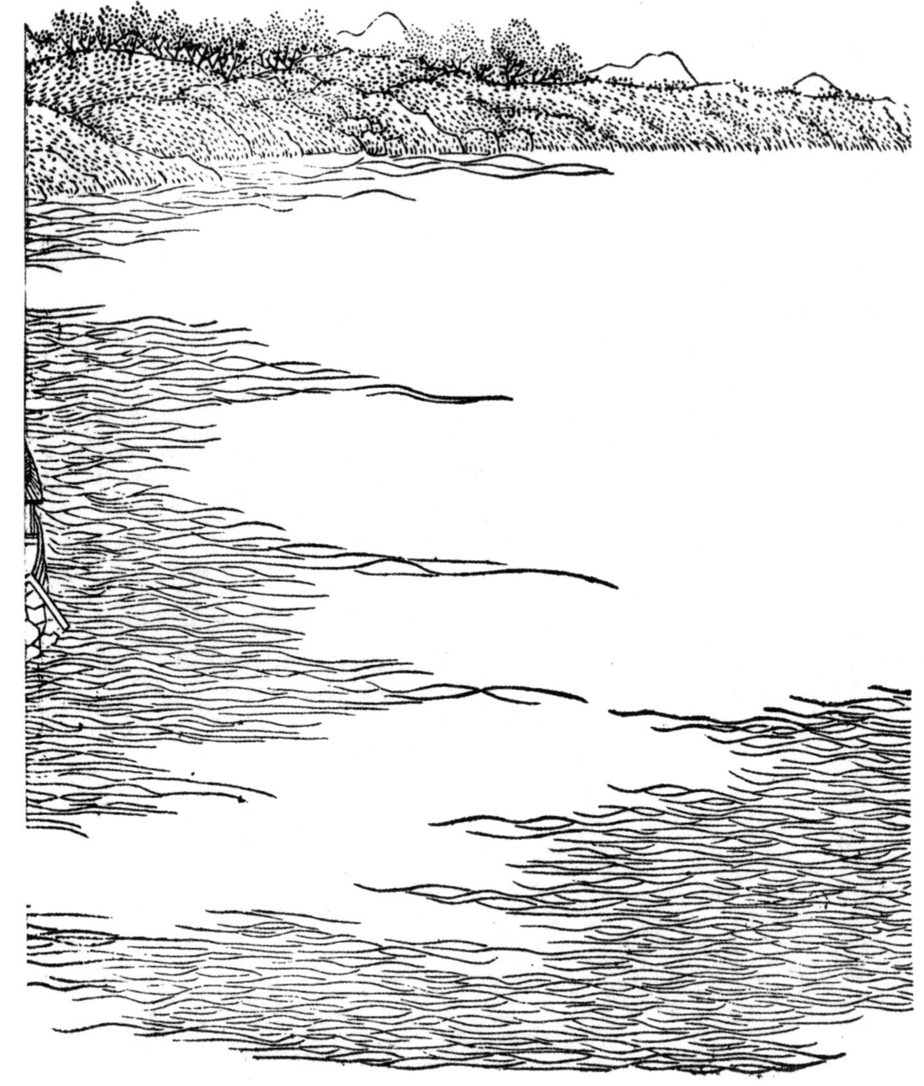

ᡩᡝᠯᡝ ᠨᡳᠶᠠᡵᡳ ᠨᡳᡴᠠᠨ ᠵᡠᡵᡤᠠᠩᡤᠠ:: ᠮᡠᡴᡡᠨ ᡩᡝ ᠨᡳᠶᠠᠯᠮᠠ
ᡤᡠᡵᡠᠨ ᠵᡠᠸᡝ ᠮᡠᡴᡡᠨ᠈ ᠪᠣᡥᠣᠨ ᠮᡠᠰᡝᡳ ᠮᡠᠰᡝᠨ ᠠᠪᡴᠠᡳ
ᠠᠮᠪᠠᠯᡳᠩᡤᡡ ᠠᡳᠰᡳᠯᠠ ᡩᡝ ᡥᡡᠸᠠᠩᡩᡳ ᠪᡝ ᡳᠨᡝᠩᡤᡳ ᠮᡠᠰᡝᡳ᠈ ᠮᡠᠰᡝᡳᠪᡝ
ᠮᡠᠰᡝᠨ ᠮᡠᠰᡝᡥᡝ::
ᠮᡠᠰᡝᠨ ᠨᡳ ᡝᠮᡠ ᡳ ᠮᡠᠰᡝᠩᡤᡝ ᠮᡠᠰᡝᠩᡤᡝ ᡝᠮᡠ ᡳ
ᠮᡠᠰᡝᠨ ᠪᡝ᠈ ᠮᡠᠰᡝᡥᡝ ᠮᡠᠰᡝᠨ ᡳ ᠮᡠᠰᡝᠨ ᠮᡠᠰᡝᡩᡝ᠈

ᡤᡝᡵᡤᡝᠨ ᡳ ᠠᠰᡥᠠᠨ ᡳ ᠠᠯᡳᡥᠠ ᠪᠠᡳᡨᠠᡳ ᠪᡝ ᠪᠠᡳᡨᠠᠯᠠᡵᠠ

ᠠᠮᠪᠠᠯᡳᠩᡤᡡ ᡥᡡᠸᠠᡧᠠᠪᡠᡥᠠ ᠪᡳᡥᡝᠪᡳ ::

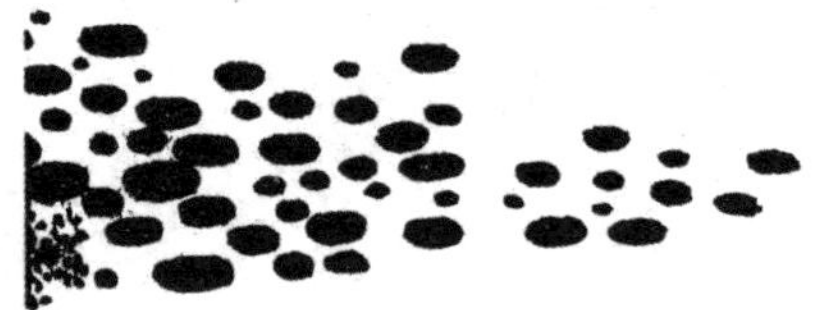

ᠵᡳ ᡤᡳᠰᡠᠨ ᡳ ᡝᠴᡳᡴᡳ ᠰᡝᡥᡝᠩᡤᡝ:: ᠪᡝ ᡤᡝᠮᡠ ᡤᡳᠰᡠᠨ ᡳ ᡝᠵᡝᠨ

ᠠᡵᠠᠨ ᡤᡳᠰᡠᠨ ᠪᡝ ᠵᡳᠯᡝᡴᡝᠨ ᡤᡝᠨᡳ ᠠᡵᠠᠮᡝ ᠪᡳ ᡤᡝᠯᡝᡵᡝᡴᡠ ᡤᡝᠮᡠ ᠵᡠᠸᡝᡵᡝ ᠣᠴᡳ ᠪᡝ ᡤᡝᠮᡠ ᠰᡝᡥᡝᠩᡤᡝ᠈ ᡩᠣᠰᡳᠮᡝ ᠠᡵᠠᠮᡝ᠈ ᡤᡝᠮᡠ ᡳᠯᡳᠶᠠᠨ ᠪᡳᠮᠪᡳ᠈ ᠰᡠᠸᡝ ᡤᡝᠮᡠ ᠵᠠᠯᡳᠩᡤᠠ᠈

ᠪᡳᠰᡳᠨ ᠵᠠᠯᡳᠩᡤᠠ ᠪᡝ

ᠪᡠᡵᡠ ᡤᡝᠮᡠ ᠵᠠᡳ ᡤᡳᠰᡠᠨ:: ᡝᠮᡠ ᡤᡝᠨᡳ ᡤᡝᠮᡠ ᠵᡝᡵᡤᡳ ᠮᡝᠨ᠈

ᠮᡝᠰᡝᡵᡳ ᠪᡳᠰᡳᠨ ᡤᡝᠮᡠ᠈ ᠰᡝᡥᡝᠩᡤᡝ ᡳ ᠪᡳᠰᡳᠨ᠈ ᠰᡳᡵᡝᠮᡝ ᡳ ᠠᡳᠰᡳᠯᠠᠮᡝ᠈ ᡳ ᡤᡝᠮᡠ

ᠠᠮᠪᠠᠨ ᡳ ᠵᡝᡵᡤᡳ ᠠᡳᠰᡳᠯᠠᠮᡝ᠈ ᡤᡝᠮᡠ ᡳᠯᡳᠶᠠᠨ ᡳ ᠵᡠᠸᡝ᠈ ᠪᡳ ᡳ ᡝᡵᡤᡳ᠈

ᠪᡝᠶᡝ ᡤᡝᠮᡠ::

ᡤᡳᠰᡠᠨ ᠮᡳᠩᡤᠠᠨ ᡤᡝᠮᡠ ᠵᡳᡥᡝ ᡩᡝ

[illegible]
[illegible]
[illegible]
[illegible]
[illegible]
[illegible]

ᡠᡴᡠᠯᡝᡥᡝ᠈ ᡤᡳᠰᡠᠨ ᡳᠰᡳᠨᠵᡳᠯᡝ ᠪᡝ ᠰᠠᡳᡴᠠᠨ᠈ ᠰᡳᠰᡳᡥᡳ

ᠰᡠᠮᠠᡥᠠ ᠰᠠᡴᡠᠨ᠈ ᠰᡝᡵᡝᡥᡝᡳ ᡳ ᠰᡠᠸᡝ ᠪᠣᠯᡳᠨᠵᡳᡥᡝ ᡳ ᡨᡠᠸᠠᠮᡝ

ᠪᡳ ᠰᡝᠮᡝ᠉

ᠰᠠᡳᡥᠠ ᡤᡳᡵᡤᠠᠨᡳᠯᡝᠴᡳ ᠪᡝᡳᡥᡝ ᠪᡝ ᡳ ᡨᠣᡥᠣᠨ᠈ ᠰᡳᡵᡤᡝ ᡤᡳᡵᡤᠠᠮᡝ

ᠰᡠᠸᠠᡥᠠ ᠰᠠᡳᡴᡳᡥᠠ ᠪᡝ ᠰᡠᡤᡳᠶᠠᡥᡝ᠉ ᡨᡠᡵᡤᡠ ᠪᡝᡳᡥᡝ ᠪᡝ ᠰᡳᠰᡝᡥᡝ ᡤᡳᡵᡤᠠᠮᡝ᠈

ᡤᡳᡵᡤᡝᠨ ᠪᡝ ᡳ ᠰᡳᠰᡳᡥᡝ ᡤᡳᡵᡤᡝᠨ ᠰᠣᠰᠣᡥᠣ ᠪᡝ ᠰᠣᠰᠣᡥᠣᠣ ᠠᠨᡳ ᡨᠣᠮᠣ᠉

ᠠᠯᡳᠪᡠᡥᠠ᠉

ᡨᡠᠮᡝᠨ ᠪᡝ ᡤᡳᠩᡤᡠᠯᡝᠮᡝ᠈ ᡳᠨ ᠪᠠᡳᡨᠠᠩᡤᠠ᠈ ᡳᠰᡳᠨᡝᡴᡳ ᡳᠰᡳᠨᡝᡴᡳ ᡩ

ᠮᡝᠩᡤᡠᠨ ᠮᡠᡴᡝ ᡤᡳᠶᠠᠨ ᠪᠣᡩᠣᡥᠣᠨ᠉ ᠪᠠᡳᡨᠠ ᡩᡝ ᡥᠠᠯᡳ᠈ ᡳᠰᡳᠮᡝ

ᠠᠮᠪᠠ ᠠᠮᠪᠠ ᠪᡳᠰᡳᡵᡝ ᡤᡝᠩᡤᡳᠨ ᡩᡝᠪᡳ᠈ ᡳᠯᡳᠩᡤᠠ ᠰᠠᡳᠰᠠᠩᡤᠠ ᡳᠰᡳᠨᡝᠪᡳ

ᠪᠣᠯᡤᠣᠮᠪᡳᡥᡝ ᠰᠠᡳᠰᠠᠩᡤᠠ ᠪᠣᠰᡳ᠉

內務府司庫加一級臣沈
喻恭畫臣鴻臚寺序班加二
級臣朱圭梅裕鳳全恭鐫

[illegible]

[illegible]

[illegible]

[illegible]

[illegible]

ᠮᠠ

[illegible]

ᡤᡠᠸᡝᡵᡝᠩᡤᡝ ᠰᡝᡵᡝ ᠪᡝ ᠰᡳᠯᡩᠠᡵᠠ ᡳᠨᡳ ᡤᡳᠰᡠᡵᡝᡵᡝ᠈

ᠵᡠᠸᡝᡵᡝᠩᡤᡝ ᠪᡝ ᠰᡠᠸᡝᠨ᠈ ᠠᠨᡳᠶᠠ ᡳᠨᡝᠩᡤᡳ ᡝᠨ᠈

ᠵᡠᠸᠠᠨ ᡨᠠᡴᡡᡵᠠ ᠠᠨᡳᠶᠠ ᡝᠨ᠈ ᡠᠯᡳᠨ ᠪᡳᠰᡳ ᡨᡠᠸᠠᠮᡝ

ᡤᠣᠯᠮᡳᠨ᠈ ᡤᡳᠶᠠ ᠰᡝᡵᡝ ᡠᡵᡤᡠᠨ ᠠᠯᠠᠰᠠᡵᠠ ᠰᡠᠸᡝᡵᡝ᠉

ᠪᡝᡳᠯᡝ᠈ ᠵᡳ ᠪᡝ ᡝᠨ ᠰᡠᠸᠠᠨᡳ᠈ ᠰᡳᠯᡩᠠᡵᠠ ᡠᡵᡤᡠᠨ ᡤᡠᠸᡝᡵᡝᠩᡤᡝ

ᠪᡝᡳᠯᡝ ᠪᡠᡩᡠᠨ ᠠᠨᡳᠶᠠ ᡨᠠᡴᡡᡵᠠ᠈ ᠪᠣᠣ ᡳᠨᡳ ᠪᡝᡳᠯᡝ ᡠᠯᡳᡥᡳᡵᡝᠩᡤᡝ

[illegible]

[illegible]

[illegible]

[illegible]

[illegible]

[illegible]

[illegible]

ᠮᡝᠨᡳᠩᡤᡝ᠈ ᡨᡠᠸᠠᡥᠠ ᡳ ᡥᡝᠰᡝ ᠪᡝ ᡨᡠᠸᠠᠨᠴᡳᡥᡳᠶᠠᡵᠠᡴᡡ

ᡨᡠᠸᡝᡵᡳᡥᡝ᠉ ᠣᠮᡳᠰᡳᠨᡝ ᡥᠣᠰᡳᠩᡤᡝ ᠪᡝ ᡨᠣᡴᠣᠨ᠈

ᡨᠣᡴᡨᠣᠪᡠᡥᡝ ᠣᡵᡳᠰᡳᠨᠠ ᡨᡝ ᡩᠣᠪᠣᠨ ᡥᡡᠸᠠᡳᠰᡳᠨᠠ ᠪᡝ

ᡩᠣᡵᡤᡳᠪᡝ᠉ ᡤᡡᠰᡳᠨᠠ ᡩᠣᠰᡳᡥᡠ ᠪᡝ ᡨᠣᠮᠣᠨ᠈ ᡤᡳᠶᠠ

ᠰᡳᠮᡝ ᡳᠨᡳ ᡥᡝᠪᡩᡝᠮᡝ ᠴᠣᠯᠣ ᠪᡝ ᠰᠠᡳᠴᡳᠩᡤᠠᡥᠠᠪᡳ᠉

ᠴᡳᠨᡤᡳᠶᠠᠨ ᡝᠮᡤᡳᠯᡝᡴᡝ ᠪᡝ ᡨᠠᠨᠵᡳᡵᡤᠠᠨ᠈ ᡨᡠᠸᠠᠨᡩᠠ ᠰᠠᡳᠨ ᡳ

ᡩᠣ ᠰᡝᠮᡝ ᡩᠣᠰᡳᠮᡝ ᡳ ᡩᠣᡵᠣᠨᡴᡠ ᠪᠣᠣᠰᡠᡴᡠ ᠪᡠᡨᡝ ᡩᡝ᠈

ᡩᡝ ᡩᠣᡵᠣᠨ ᠠᠯᡳᡶᡳ ᡳ ᠠᠨᡳᠶᠠ ᠪᠣᠣᠰᡠᡴᡠ ᡩᡝᡵᡳ᠈ ᡩᡝ

ᠨᠣᠨᡳᠶᠠᠨ ᠠᠨᡳᠶᠠ ᡳᠨᡳᡵᡳ ᠨᡳᠶᠠᠨᡳᠶᠠᠨ ᠠᠯᡠᡤᠠᠨ ᡥᠠᠰᡳᠪᡠᡵᡝ᠉

ᡩᠣ ᠰᡝᠮᡝ ᡩᠣᠰᡳᠮᡝ ᡳ ᡩᠣᡵᠣᠨᡴᡠ ᠪᡠᡨᡝ᠈ ᡩᠣᡵᠣᠨᡴᡠ ᠪᡠᡳᠶᠠᠩᡤᡳᠶᠠ ᠪᡠᡳᡥᡝ

ᠠᡵᡤᠠ ᠠᡳᠰᡳᠨ ᡳ ᡩᠣᠯᠣ ᠠᠯᡳᡶᡳᡵᡝ ᡩᡳᡵᡳ᠈ ᡩᡝᡵᡳ᠈

ᡳᠨᡳᠶᠠᠨ ᡩᡝᡵᡳᠨ᠈ ᠠᠯᡳᡶᡳ ᠠᠨᡳᠶᠠ ᠠᡵᡤᠠ ᠨᡳᠶᠠᠩ ᡩᡝᡵᡳ

[illegible]

[illegible]

[illegible]

[illegible]

[illegible]

[illegible]

上

ISBN 978-7-5010-6190-7

9 787501 061907 >

定價：198.00圓（全二册）

奎文萃珍

御製避暑山莊詩

漢文本

［清］愛新覺羅·玄燁 撰
［清］揆叙 注

文物出版社

圖書在版編目（CIP）數據

御製避暑山莊詩 / (清) 愛新覺羅・玄燁撰 ; (清) 揆叙注. -- 北京 : 文物出版社, 2019.8
（奎文萃珍 / 鄧占平主編）
ISBN 978-7-5010-6190-7

Ⅰ. ①御… Ⅱ. ①愛… ②揆… Ⅲ. ①古典詩歌 – 詩集 – 中國 – 清代 Ⅳ. ①I222.749

中國版本圖書館CIP數據核字(2019)第124081號

奎文萃珍

御製避暑山莊詩 〔清〕愛新覺羅・玄燁 撰 〔清〕揆叙 注

主　　編：鄧占平
策　　劃：尚論聰　楊麗麗
責任編輯：李縉雲　劉永海
責任印製：張　麗

出版發行：文物出版社有限公司
社　　址：北京市東直門内北小街2號樓
郵　　編：100007
網　　址：http://www.wenwu.com
郵　　箱：web@wenwu.com
經　　銷：新華書店
印　　刷：藝堂印刷（天津）有限公司
開　　本：710mm × 1000mm　1/16
印　　張：33.5
版　　次：2019年8月第1版
印　　次：2019年8月第1次印刷
書　　號：ISBN 978-7-5010-6190-7
定　　價：198.00圓（全二册）

序言

《御製避暑山莊詩》又名《御製避暑山莊三十六景詩圖》，清聖祖玄燁撰詩，揆叙等注。愛新覺羅・玄燁（一六五四—一七二二），生於北京，滿族，順治皇帝第三子，一六六一年登基，年號康熙。曾平定三藩，收臺灣，親征準噶爾，驅逐沙俄。他在位期間發展經濟，興文重教。修建暢春園、承德避暑山莊等。揆叙（一六七四—一七一七），字凱功，滿洲正黄旗人，大學士明珠次子。官禮部侍郎、左都御史兼翰林院掌院學士。著有《益戒堂集》《隙光亭雜識》等。

避暑山莊位於河北承德，又名『承德離宫』『熱河行宫』，是清代皇帝夏天避暑和處理政務的場所。避暑山莊的營建，大致分爲兩個階段。第一階段：從康熙四十二年（一七〇三）至五十二年（一七一三），避暑山莊初具規模。康熙皇帝選園中佳景以四字爲名題寫了『三十六景』。第二階段：從乾隆六年（一七四一）至十九年（一七五四），進行大規模擴建。乾隆皇帝以三字爲名又題了『三十六景』，合稱爲避暑山莊七十二景。

《御製避暑山莊詩》是一部描繪清代皇家園囿勝景的詩畫集。卷首有康熙五十年（一七一一）御製《避暑山莊記》，卷末有康熙五十一年（一七一二）揆叙等跋。書中收録康熙皇帝所選三十六景，每景題詩一首，景點名稱即詩歌題名，詩題之下皆有小記，詩句有揆叙等人注解。注釋雙行小字，引文出處用朱綫標示，全書有朱色句讀，清晰醒目。

是書繪製山莊三十六景，上卷有烟波致爽、芝徑雲堤、無暑清涼、延薰山館、水芳巖秀、萬壑松風、松鶴清越、雲山勝地、四面雲山、北枕雙峰、西嶺晨霞、錘峰落照、南山積雪、梨花伴月、曲水荷香、風泉清聽十六景；下卷有濠濮間想、天宇咸暢、暖溜暄波、泉源石壁、青楓綠嶼、鶯囀喬木、香遠益清、金蓮映日、遠近泉聲、雲帆月舫、芳渚臨流、雲容水態、澄泉繞石、澄波疊翠、石磯觀魚、鏡水雲岑、雙湖夾鏡、長虹飲練、甫田叢樾、水流雲在二十景。翁連溪《清代內府刻書研究》評曰：『畫面嚴整，景物燦彰，鐫刻點粒不苟，極爲精緻，是殿版山水畫中的上乘之作。』此本在第三十六圖《水流雲在》左下方題：『內務府司庫加一級臣沈喻恭畫，鴻臚寺序班加二級臣朱圭、梅裕鳳同恭鐫』。沈喻，一作名崳，字玉峰，奉天正黃旗人，官至內閣侍講學士。善畫山水，尤長樓閣、牡丹，與焦秉貞、冷枚齊名，繪有《雍正御製圓明園畫咏》等。朱圭（約一六四四—一七一七），字上如，別署柱笏堂，江蘇蘇州人，木刻名家，曾入內府供職。刻有劉源繪《凌烟閣功臣圖》，焦秉貞繪《耕織圖》，宋駿業、王原祁繪《萬壽盛典圖》等。梅裕鳳，康熙間版刻工人，曾參加鐫刻焦秉貞繪《耕織圖》。

此書除了漢文刻本外，同時有康熙五十一年（一七一二）滿文刻本。康熙五十二年（一七一三），以木版三十六景圖爲藍本，清宮廷畫師、義大利傳教士馬國賢（Matteo Ripa）

主持刊刻銅版印本。銅版印本景物刻畫更爲繁細，注重透視和明暗對比，立體感極强。乾隆六年（一七四一），武英殿另行刊刻朱墨套印本，内容上增入了乾隆皇帝和詩三十六首，鄂爾泰等人加以注解，書中版畫刀法細微之處與康熙刻本略有差異。

此次出版，據清康熙五十一年（一七一二）内府刊朱墨套印本影印，以饗讀者。

御製避暑山莊記

金山發脉暖溜分泉雲壑渟泓石潭青靄境廣草肥無傷田廬之害風清夏爽宜人

調養之功自天地之
生成歸造化之品彙
朕數巡江干深知南
方之秀麗兩幸秦隴
益明西土之殫陳壯

過龍沙東遊長白山
川之壯人物之樸亦
不能盡述皆吾之所
不取惟茲熱河道近
神京往還無過兩日

地闢荒野存心豈悞
萬幾因而度高平遠
近之差開自然峯嵐
之勢依松為齋則竅
崖潤色引水在亭則

榛煙出谷皆非人力
之所能借芳甸而為
助無刻桷丹楹之費
喜泉林抱素之懷靜
觀萬物俯察庶類文

禽戲綠水而不避麀
鹿暎夕陽而成羣鳶
飛魚躍從天性之高
下遠色紫氛開韶景
之低昂一遊一豫罔

非稼穡之休戚或旰
或宵不忘經史之安
危勸耕南畝望豐稔
筐筥之盈茂止西成
樂時若雨暘之慶此

居避暑山莊之槩也
至於玩芝蘭則愛德
行覩松竹則思貞操
臨清流則貴廉潔覽
蔓草則賤貪穢此亦

古人因物而比興不
可不知人君之奉取
之於民不愛者即惑
也故書之于記朝夕
不敢敬誠之在茲也

康熙五十年六月下旬書

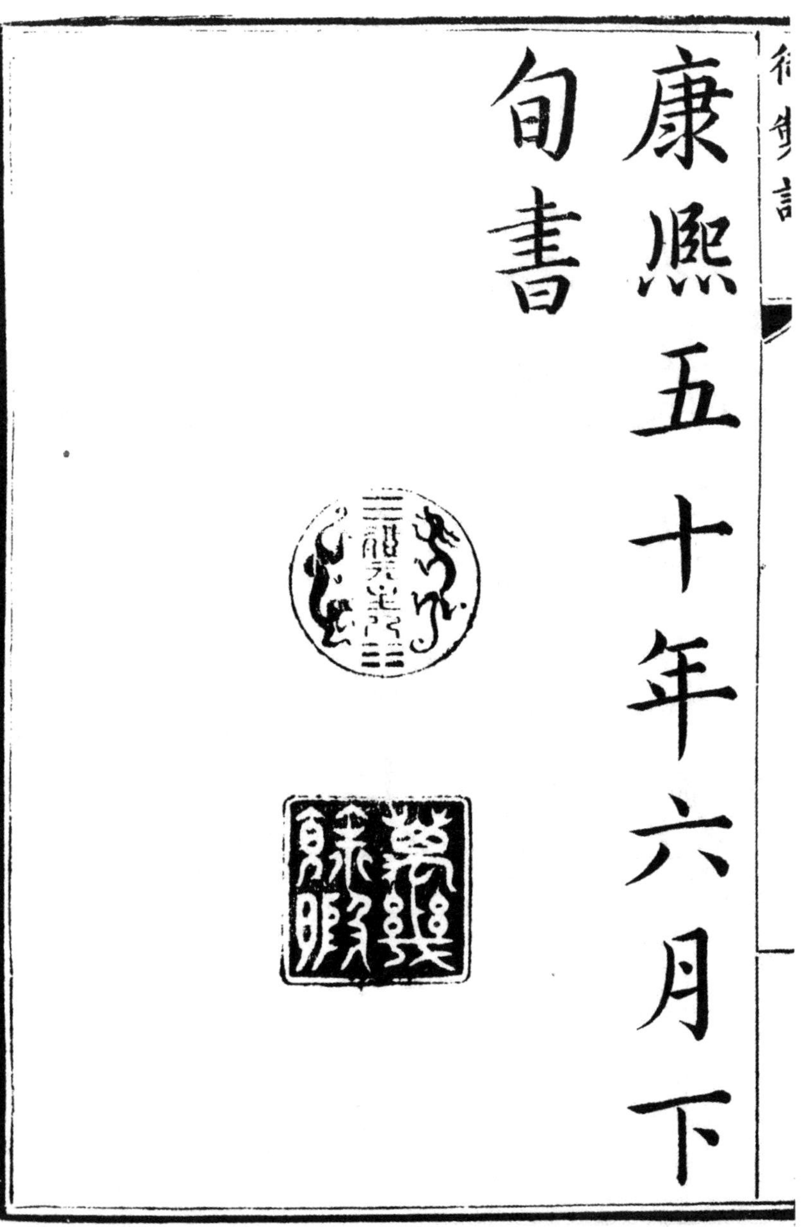

御製避暑山莊詩目錄

上卷

水芳巖秀 五言古

萬壑松風 七言絶句

松鶴清越 五言絶句

雲山勝地 七言絶句

四面雲山 五言排律

北枕雙峯 七言絶句

烟波致爽

熱河地既高敞。氣亦清朗。無蒙霧霾氛。柳宗元記所謂曠如也。四圍秀嶺。十里澄湖。致有爽氣。雲山勝地之南。有屋七楹。遂以烟波致爽額其額焉。

山莊頻避暑。梁蕭統詩命駕出山莊。劉禹錫詩綠蘿陰下有山莊。戴叔倫詩芝田秉遲地勝林亭好。時清宴賞頻。魏徵九成宮醴泉銘皇帝避暑乎九成之宮。梁簡文帝納涼詩避暑高梧側。輕風時入襟。白居易詩望春花景暖。避暑竹風涼。

靜默少喧譁。南史沈麟士傳年過八十。耳目猶聰明。人以為養身靜默所致。皇甫曾詩草長風光裏。鶯啼靜默間。何遜詩視聽絶喧譁。

北控遠烟息。李商隱文絳臺北控。馬汝驥北嶽詩東衛滄海嶼。北控黒河湍。舊唐書吐蕃傳邊堠徹警。戍烽韜煙。姚合詩從今嶲州路。無復有烽烟。蔣伸授田牟節度使制不戰而烽烟自息。鄭絪賦地表烟息。天維氣整。

南臨近壑嘉○

宋璟樂遊園宴詩北向祇雙闕。南臨賞一丘。朱子詩南臨滙澤共指點縹緲貝闕浮珠宮。江總永陽王齋後山亭銘月澄遥潋。風清近壑。王勃詩晚風清近壑。新月照澄灣。

春歸魚出浪○

庾信春賦宜春苑中春巳歸。李適詩長樂喜春歸。張耒詩綠野淶成延晝永。亂紅吹盡放春歸。梁元帝詩遊魚迎浪上。杜甫詩細雨魚兒出。又魚吹細浪摇歌扇。

秋斂雁横沙○

禮記樂記春作夏長。仁也。秋斂冬藏。義也。漢書律歴志秋。龝也。物龝斂乃成熟也。注龝同揫。温庭筠詩稲田鳧雁滿晴沙。趙嘏詩滿袖蕭關雨。

連沙塞　觸目皆仙草。水經注 三館之城澗曲泉清
雁飛。山高林茂。風烟披薄。觸目
怡情。白居易詩 開懷曠達無所繫。觸目勝絕不可名。
朱子新喻西境詩 自然觸目成佳句。雲錦無勞更剪
裁。十洲記 瀛洲生神芝仙草。長洲有仙草靈藥。鮑照
賦 冠五華於仙草。超四照於靈木。許渾詩 瑞花瓊樹
合。仙草玉苗深。溫庭筠詩 毫端
蕙露滋仙草。琴上薰風入禁松。

迎窗遍藥花。鄭谷
春草碧色詩 窗紗迎擁砌。梅堯臣詩 面面懸窗夾
花藥。李頎詩 階庭藥草遍。飯食天花香。許敬宗 披
庭山賦 爾其花藥紛披。蹊徑參差。陸游詩 綠蘚封茶樹。青霜折藥花。

炎風晝致爽。淮南

子地形訓何謂八風。東北曰炎風。梁元帝纂要夏曰朱明。風曰炎風。節曰炎節。韓愈詩炎風日搜攪。周伯琦詩夾路忘炎晝。王初詩天上銀河白晝風。晉書王嶶之傳西山朝來。致有爽氣耳。米芾帖故實晉齋之西爲致爽軒。傾瑛致爽閣詩開襟致秋爽。心與白雲期。

綿雨夜方賒。

宋史河渠志每遇春夏。天雨連綿。錦繡萬花谷雨不絕曰綿。王融詩潺湲石溜瀉。綿延山雨聞。何遜秋夕詩寸心懷是夜。寂寂漏方賒。李中詩長笛起誰家。秋涼夜漏賒。

土厚登雙穀。

左傳郇瑕氏土薄水淺。不如新田土厚水深。居之不疾。國語泉源以資之。土厚而樂其實。禮記月令農乃登穀。國策風雨時。農夫登。五穀豐盈。〔注〕穀熟曰登。〔史記周紀〕康叔得嘉穀。獻之成王。〔注〕二苗同為一穗。〔庾信喜雨詩〕嘉禾雙合潁。熟稻再含胎。

泉甘剖翠瓜〔十洲記〕瀛洲上有玉石。高且千丈。出泉如酒。味甘。名之為玉醴泉。〔韓愈送李愿歸盤谷序〕泉甘而土肥。〔孔武仲詩〕泉甘而草芳。傍有屋數椽。〔劉楨瓜賦〕析以金刀。四剖三離。〔康子玉瓜賦〕何以剖之。金錯刀。〔王灣詩〕鹹香蓮近拆。新味瓜初剖。〔杜甫詩〕翠瓜碧李沉玉甃。

古人戍武備〔詩小雅〕我戍未定。〔朱傳〕古者戍後。如今之防秋也。〔國策〕卒戍四方。守亭障者參列。〔穀梁傳〕雖有文事。必有武備。〔漢書趙充國傳〕步兵九校。吏士萬人。留屯以為武備。

令卒斷鳴笳。周禮小司徒五人爲伍。五伍爲兩。四兩爲卒。史記驃騎傳減戍卒之半。以寬天下之繇。吴邁遠胡笳曲邊風落衰草。鳴笳墜飛禽。柳宗元詩列騎低殘月。鳴笳度碧虛。生理農商事。白居易詩止足安生理。優游樂性情。蘇軾過淮詩但有魚與稻。生理已自畢。周禮閭師任農以耕事。任商以市事。史記貨殖傳待農而食之。商而通之。各勸其業。樂其事。尹文子農商工仕。不易其業。聚民至萬家。易繫辭日中爲市。致天下之民聚天下之貨。周禮地官州長以禮會民䠞以禮會聚其民。國策萬家之邑相望也。史記貨殖傳名國萬家之城。帶郭千畝。杜甫詩羣木水光

下○萬家雲氣中○韋應物詩萬家烟樹滿晴川○

司馬光金堤詩提封百里遠○生齒萬家餘○

芝逕雲隄

夾水為隄。逶迤曲折。逕分三枝。列大小洲三。形若芝英。若雲朶。復若如意。有二橋通舟楫。

萬幾少暇出丹闕。書兢兢業業。一日二日萬幾。漢書邊讓傳旦垂精於萬幾予夕回輦於門館。齊聖主詞升旒綜萬幾。端扆御八方。戴表元詩論心得少暇同上寂高樓。古今注闕觀

也。古者每門樹兩觀宇其前。人臣至此則思其所闕
其上皆丹堊。唐太宗詩爽氣浮丹闕。秋光澹紫宮。
樂水樂山好難歇
論語知者樂水。仁者樂山。南
史宗少文傳少文性好山水。
愛遠遊。嵇康荅難養生
論真香難歇。和氣充盈。
避暑漠北土脉肥
魏徵
九成宮醴泉銘皇帝避暑乎九成之宮。班固詩来風
堪避暑。靜夜致清涼。劉孝威詩漢家迎夏畢。避暑
甘泉宮。漢書幕北苦寒之地。顏師古注幕者今之突
厥中磧。史記正義幕即沙漠。古字少耳。揚子法言龍
堆以西。大漠以北。柳貫詩漠北松亭塞。燕南督亢圖。
國語土乃脉發。韋昭注脉理也。漢書京師土地肥饒可

度地勢水泉。資溉灌之利。韋應物詩。春陽土脈起。膏澤發生初。韓愈文。泉甘而土肥。

訪問村老尋石碣。

左傳。子產曰。君子有四時。朝以聽政。晝以訪問。夕以脩令。夜以安身。宋史周必大傳。孝宗初御經筵。必大奏曰。經筵非為分章析句。欲從容訪問。裨聖德。究治體。白居易詩。村老見予喜。漢書注。石之特然而立者曰碣。釋名。圓曰碑。方曰碣。北史魏昭帝紀。自杏城以北八十里。迄長城原。夾道立石碣。

衆云蒙古牧馬場。

說海。蒙古沙陀別部名。漢書。陸地牧馬二百蹏。北史宇文福傳。太和遷洛。勑福檢牧馬所。福規石濟以西河內以東。距黃河南北千里。為牧地。今之馬場是也。元史自上都大都以至王你伯牙折連怯呆兒皆牧馬地。並乏人家無枯骨。王維詩雲裏帝城雙鳳闕。雨中春樹萬人家。李中詩高秋水村落。隔岸見人家。新序文王作靈臺及為池沼。得枯骨。吏以聞文王。文王曰。更葬之。天下聞之皆曰文王賢矣。澤及枯骨。又况于人乎。唐無名氏詩莊生問枯骨。草木茂。禮記草木茂。區萌達。漢書夏得木德。青龍止于郊。草木鬯茂。又北邊塞至遼東外有陰山。東西千餘里。草木茂盛。多禽獸。李頻詩草木春冬茂。絕蚊蝎。洞天記朱明洞無蛇蝎蚊蝱。明一統志灤河東有石虎山。無蝎。有携至者輒死。盖石鎮之也。故又名蝎虎山。泉水佳。詩毖彼泉水。水譜井水輕。泉水重。南史王弘之傳始寧沃州有佳山水。曾鞏醒心亭記草木衆而人少疾。史記方內艾安。民人靡疾。漢書鼂錯傳陰陽調。四時節。日月光。風雨時。膏露降。五穀熟。民不疾疫。

因而乘騎閱河隈。國策君不如因而親之。孟浩然詩乘騎度荊關。李嶠詩黃金瑞榜絳河隈。白玉仙輿紫禁来。

灣灣曲曲淌。柳貫詩沙水淨灣灣。袁桷詩門當楊柳灣灣碧。唐太宗山池賦疊風紋兮連復連。折𢌞流兮曲復曲。朱子詩武夷山上有仙靈。山下寒流曲曲清

林樾。宣和畫譜李令穰畫陂湖林樾。荒遠閒暇。自有得意

處。〔李華賦〕靈山霧歇。靄靄林樾。〔權德輿詩〕東風變林樾。南畝事耕犁。

測量荒野閱

水平○〔周禮大司徒〕以土圭之法測土深。〔漢書律歷志〕量者所以量多少也。〔韓非子〕深不可測。大不可量。〔傳休奕樂府〕蘭茝出荒野。萬里升紫庭。〔杜甫詩〕地旱荒野大天遠。暮江遲。〔周禮考工記〕匠人建國。水地以垂。〔鄭注〕於四角立植而垂以水。望其高下。高下既定。乃為位而平地。〔尚書大傳〕非水無以準萬里之平。〔莊子〕水靜則平中準。大匠取法焉。〔何晏景福殿賦〕制無細而不協于規景。作無微而不違于水臬。〔五臣注〕水臬水平也。

莊田勿動樹勿蕟○〔舊唐書宣宗紀〕官健有莊田户籍者仰州縣放

免差後。荀子正錯而勿動。詩勿翦勿伐。禮記毋伐大
樹。周禮考工記匠人一耦之伐注伐之言墢也。疏伐墢也。
以墢土于上。
故名伐也。
自然天成地就勢。
易傳天高地下。
自然之勢也。書
地平天成。南史文學傳論蘊思含毫。遊心内運。
放言落紙。氣韻天成。太元經物皆成象而就也。
不待人力假虛設。
詩景山與京。疏丘者自然而有。京者
人力所爲。姚合鳳翔新亭詩地形
當要處。人力是閒時。漢書虛設不然。
之事。梁肅文按經正義。非虛設也。
君不見磬錘峯獨峙山麓立其東。
黃氏日抄唐人樂府多
用君不見三字。如吳筠

之行路難。李白之將進酒。闔復本之巫山高。是也。其
即古樂府獨不見之遺乎。水經注。巍然獨秀。孤峙河
陽。穀梁傳。林屬于山曰麓。劉峻山棲志序。登自山麓。
漸高漸峻。杜甫詩。亭午下山麓。張衡南都賦。武闕關
其西。桐柏
揭其東。

又不見萬壑松偃蓋重林造化同○

白居易樂府。君不見昔時呂向美人賦。又不見今日
上陽白髮歌。葉夢得玉澗襍書。玉澗道旁。古松合抱。
徽風驟至。清聲琅然。萬壑皆應。李白詩。為我一揮手。
如聽萬壑松。抱朴子。大陵偃蓋之松。大谷倒生之栢。凡
此諸木。皆與天齊其長。地等其久。杜甫松樹障子歌
陰崖却承霜雪幹。偃蓋反走虬龍形。張九齡詩。霜清

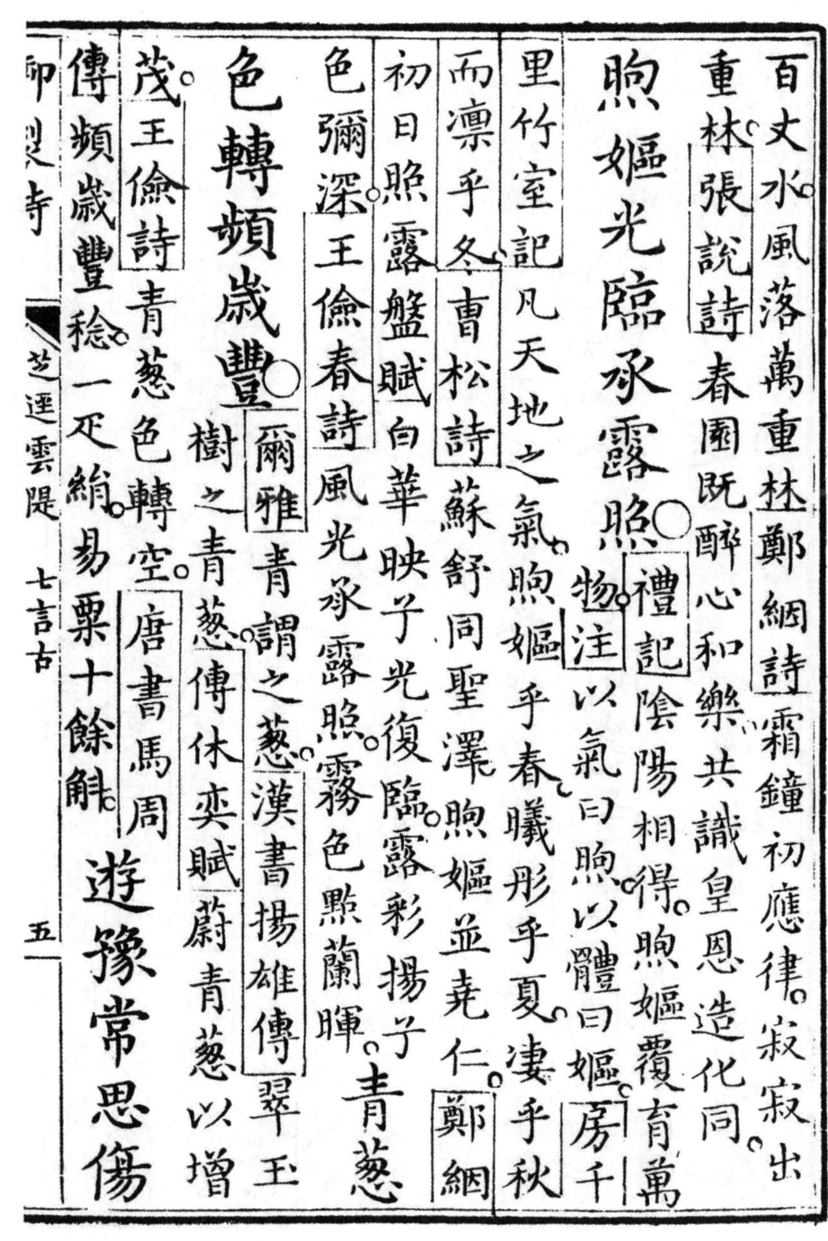

百丈水。風落萬重林。鄭絪詩霜鐘初應律。寂寂出重林。張說詩春園既醉心和樂。共識皇恩造化同。

煦嫗光臨承露照。禮記陰陽相得。煦嫗覆育萬物。注以氣曰煦。以體曰嫗。房千里竹室記凡天地之氣。煦嫗乎春。曦形乎夏。淒乎秋而凜乎冬。曹松詩蘇舒同聖澤。煦嫗並堯仁。鄭絪初日照露盤賦白華映乎光復臨。露彩揚乎色彌深。王儉春詩風光承露照。霧色點蘭暉。

青葱色轉頻歲豐。爾雅青謂之葱。漢書揚雄傳翠玉樹之青葱。傅休奕賦蔚青葱以增茂。王儉詩青葱色轉空。唐書馬周傳頻歲豐稔。一疋絹。易粟十餘斛。

遊豫常思傷

民力。孟子一游一豫。為諸侯度。魏都賦既苗既狩。爰游爰豫。温庭筠錫宴堂詩天子自遊豫。侍臣宜樂康。禮記用民之力。歲不過三日。左傳謂民力之普存也。王曾疏四海之内。知陛下愛重民力之意。豈不美歟。

又恐偏勞土木工。詩揚之水不與我戍申疏使我獨行。偏當勞苦。淮南子古者明堂之制。土事不文。木工不斵。金器不鏤。漢書土木之工。窮極伎巧。曾惟忠詩土木新工賴主盟。雲山舊址重開拓。

命匠先開芝逕隄。張衡文命匠脩而新之。高允鹿苑賦命匠選工。刊茲西嶺。吳融詩已熟前峯採芝逕。

隨山依水揉輻齋

書隨山刊木。唐書翠微玉華。因山藉水。無築構之苦。盧綸宣州詩艨艟高映浦。睥睨曲隨山。呂夷簡詩二一軒窗依水開。周禮考工記揉輻必齊。注揉謂以火槁之。使木性直齊如一也。

司農莫動帑金費。通考司農。官名。秦曰治粟内史。漢景帝更名大司農。漢書公卿以為虛費府帑。顏師古注帑。藏金帛之所也。唐書韋弘機傳弘機言臣任司農十年。省常費三十萬緡。以治宮室。可不動正帑。王醇詩封章徒乞内帑金。

寧拙捨巧洽羣黎。荀子成相篇下不私請。各以宜。捨巧拙。注羣下不私謁。各以所宜之道事君。巧拙皆捨。道德指歸論聖人去巧去加。詩群黎百姓徧為爾德。漢書群臣黎庶靡不壹意。北面而歸心。傳休奕文舞歌羣黎以安。

邊垣利刃豈可恃。

漢書揚雄傳永無邊城之災。蔡邕議秦築長城漢起塞垣。漢書轅固傳注利兵刃之利者。七命田遊馳蕩。利刃駿足。韓愈詩義和驅日月。疾急不可恃。白居易文山河之阻溝墉之固可用而不可恃也。

荒淫無道有青史。

漢書司馬相如傳欲以奢侈相勝荒淫相越。揚子法言荒乎淫。弼乎正。莊子天下有道。聖人成焉。天下無道。聖人生焉。漢書藝文志青史子五十七篇。注古史官記事也。江淹上建平王書俱啓丹冊。並圖青史。李白詩紫芝高詠罷。青史舊傳名。

知警知戒勉在茲。詩殷其靁疏雷發聲百里。警戒國疆。是其義也。書念茲在茲。釋茲在茲。詩曰監在茲。阮瑀文良時在茲。勗之而已。方能示衆撫遐邇。漢書欲以示衆厲俗。文韋賢傳彤弓斯征撫寧遐荒。晉書令皇化日隆。遐邇寧泰。魏都賦遐邇悦豫而子來。工徒擬議而騁巧。雖無峻宇有雲樓。書峻宇雕墻。東京夢華録風亭水榭峻宇高樓。王融法樂詞歌峻宇臨層穹。迢迢蹠遠。郭璞山海經圖讚琅邪嶕嶢。邈若雲樓。李賀詩雲樓半開壁斜白。登臨不解幾重愁。孟浩然詩江山留勝迹。我輩復登臨。

杜甫詩留眼共登臨。古樂府著以長相思。緣以結不解。劉楨詩望慕結不解。虞茂詩關山多道里。相接幾重愁。

連巖絕澗四時景。

謝靈運詩連巖覺路塞。後漢書深林絕澗。有若自然。庾肩吾詩層雲霾峻樹。絕澗倒危峯。蔡文恭詩連巖聳百仞。絕澗臨千丈。圖繪寶鑑毛松善畫花鳥四時之景。歐陽脩豐樂亭記四時之景。無不可愛。

憐我晚年宵旰憂。

金史王若虛傳東游泰山至黃峴峯。憩萃美亭。顧謂同遊曰。一生塵土中。不意晚年乃造仙府。盧思道詩少小期黃石。晚年遊赤松。唐書劉蕡傳終任賢之效。無宵旰之憂。杜甫詩宵旰憂虞軫。

若使

扶養留精力○黃庭外景經扶養性命守虛無。神仙傳洛下呂生遇仙。得導養之術。年近百歲。而神逸氣旺。精力不憊。漢書匡衡傳精力過人。梅堯臣詩久調元化費精力。猶且未倦刪詩書。

同心治理再精求○書同心同德。星經木星大明。王道和平。將相同心。帝命壽。天下安。白居易詩所以聖與賢。同心調玉燭。詩丘中有麻蹠所在治理。信是賢人。漢書循吏傳二千石以治理效。輒以璽書勉厲。宋史每于農畝之業。精求利害之理。白居易文勤卹黎元之隱。精求牧宰之材。

氣和重農紮宸志○禮記奮至德之光。動四氣之和。漢書公孫弘傳心和則氣和。氣和則形和。形和則聲和。聲和則天地之和應矣。詩率時農夫。蹠德既著至。而猶尚重農。以是而益可美矣。漢書貢禹傳罷錢幣而重農。使民一歸于農。唐書百官志仗在紫宸内閤。起居舍人夾香案分立殿下。唐會要龍朔三年四月始御紫宸殿聽政。孫逖詩鳳管臨青路。龍輿下紫宸。李憕詩重恩降紫宸。

烽火不煙億萬秋。

後漢書築亭候。修烽火。酉陽雜俎狼糞煙直上。烽火用之。唐明皇詩長榆息烽火。高柳靜風塵。盧照鄰文斥候無烽煙之儆。宋史樂志嘉壇並侑。億萬斯年。嵇含菊花銘煌煌丹菊。萬秋彌榮。

芝逕雲堤

無暑清涼

循芝逕北行。折而少東。過小山下。紅蓮滿渚。綠樹緣堤。面南夏屋軒敞。長廊聯絡。為無暑清涼。山爽朝來。水風微度。泠然善也。

畏景先愁永晝長。歲華紀麗火雲方熾。畏景尤長。又炎風畏景。火雲赫日。朱子

詩亭午息畏景。薄暮登危巒。又玩此消永晝。泠然
滌幽襟。楊載詩鳴琴消永晝。晉書天文志夏至日
行地中淺。故夜短。天去地高。故晝長也。劉禹錫詩深
春風日淨。晝長幽鳥鳴。朱子詩綠樹鶯啼清晝長。

晚年好靜益傍徨◯高適詩常日好讀書。晚年學
垂綸。老子我無為而民自化。
我好靜而民自正。道德指歸論含德之士。非好靜
而惡擾也。杜甫詩好靜心跡素。莊子孔子彷徨乎塵
垢之外。子虛賦秋田乎青丘。彷徨乎海外。

三庚退暑清風至◯月令廣義夏至後第
三庚為初伏。第四庚為中伏。立秋後第一庚為末伏。
故曰三伏。田家四時占三卯三庚。麥出低坑。三庚三卯。

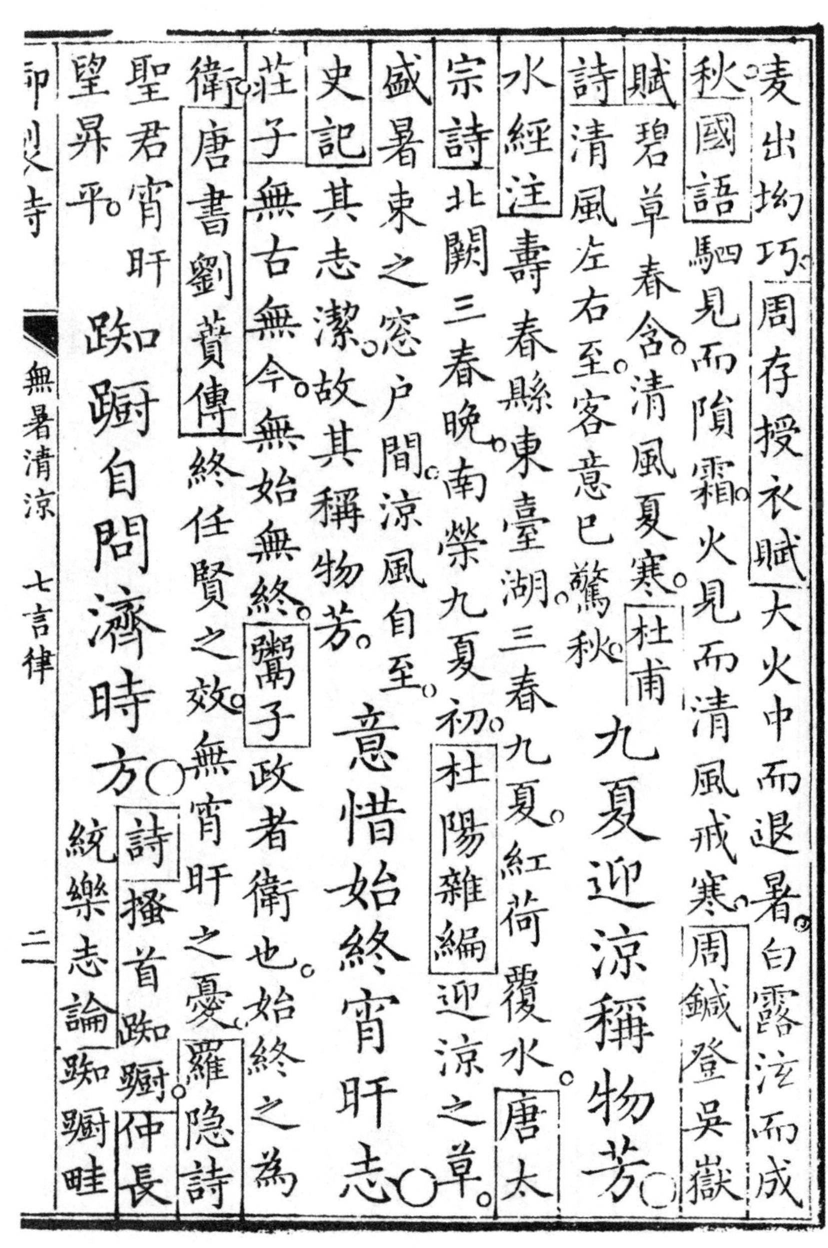

麦出坳巧。周存授衣賦大火中而退暑。白露洽而成
秋。國語駟見而隕霜。火見而清風戒寒。周鍼登吳嶽
賦碧草春含。清風夏寒。杜甫
詩清風左右至。客意已驚秋。
九夏迎涼稱物芳○
水經注壽春縣東臺湖。三春九夏。紅荷覆水。唐太
宗詩北闕三春晚。南榮九夏初。杜陽雜編迎涼之草。
盛暑東之窓戶間。涼風自至。
史記其志潔。故其稱物芳。
意惜始終宵旰志○
莊子無古無今。無始無終。鬻子政者衛也。始終之為
衛。唐書劉蕡傳終任賢之效。無宵旰之憂。羅隱詩
聖君宵旰望昇平。
踟躕自問濟時方○
詩搔首踟躕。仲長統樂志論踟躕畦

苑。游戲平林。白居易詩每来花下得踟躕。又自問何欣欣。後漢書崔寔傳濟時拯世之術。羅隱詩暫憑開物手。来展濟時方。

谷神不守還崇政〇

老子谷神不死。列子注夫谷虛而宅有。亦如莊子之稱環中至虛無物。故謂谷神。庾信詩虛無養谷神。張說詩清虛用谷神。貴耳集伊川濂溪。一世道統之宗。用大臣薦為崇政殿說書。

暫養回心山水莊〇

漢書賈誼傳夫移風易俗。使天下回心而嚮道。潘岳詩僶俛恭朝命。回心反初役。劉禹錫詩綠蘿陰下有山莊。吳興園林記蓮花莊在月河西。四面咸水。荷花盛開。錦雲百頃。

延薰山館

入無暑清涼轉西。為延薰山館。楹宇守朴。不雘不雕。得山居雅致。啟北户。引清風。幾忘六月。

夏木陰陰蓋溽暑○淮南子冬冰可折。夏木可結。時難得而易失。王粲賦夏木兮結莖。陶潛詩高莽眇無界。夏木獨森踈。謝脁詩紫殿肅陰陰。王維詩陰陰夏木囀黃鸝。又綠樹重陰蓋四鄰。禮記季夏之月。土潤溽暑。大雨時行。齊書樂章陽季勾萌達。炎徂溽暑鬲。江淹表祁寒溽暑。無以變其和。

炎風欵欵守峯衡○

呂氏春秋風有八等。炎風滔風熏風。巨風凄風。飂風厲風。寒風。梁元帝纂要風曰炎風。節曰炎節。岑參詩山下多炎風。杜甫詩點水蜻蜓欵欵飛。楊允孚詩太僕龍車欵欵調。徐㶿詩寒信催花三月近。夕陽流影半峯衡。

山中無物能解慍○

沈約詩山中咸可悅。賞逐四時移。儲光羲詩山中有流水。藉問不知名。禮記不誠無物。列子殷湯問于夏革曰。古初有物乎。夏革曰。古初無物。蘇軾詩遠來無物可相贈。一味豐年說淮潁。家語舜作五絃琴歌曰。

南風之薰兮。可以解吾民之慍兮。韋元旦詩欣承獨解慍詞。聖酒黃花發。崔日用詩蘭吹解薰風

有清涼免脫衫○

莊子出入六合。遊乎九州。獨往獨来。是謂獨有。岑參詩獨有鳳皇池上客。周禮注清涼宜文繡疏文繡必于清涼者。以其染絲為之。若于夏暑損色。故待秋涼為之也。五代史郭崇韜傳可使溽暑。坐變清涼。班固西都賦清涼宣溫。神仙長年。注三輔黃圖曰。未央宮有清涼殿。五臺山志五臺山本名清涼山。陶潛詩清涼素秋節。梁簡文帝詩脫衫湔錦浪。迴扇避陽烏。

水芳巖秀

水清則芳。山靜則秀。此地泉甘水清。故擇其所宜。邃宇數十間。於焉誦讀。幾暇靜養。可以滌煩。可以悅性。作此自戒始終之意云。

水性雜苦甘〇易水流濕注水之性。潤萬物而退下。書潤下作鹹疏水性本甘。久浸其地

變而為鹵。鹵味乃鹹。爾雅釋言鹹苦也。疏鹹殊極
必苦。故以鹹為苦也。魏志韋挌傳廣武井水鹹苦。
北史房豹傳樂陵郡瀕海。水味多鹹苦。豹命鑿一井
遂得甘泉。洞冥記去虞淵八十里。有甜溪。水味如蜜
韓愈詩百味失苦甜。蘇軾詩恰
似飲茶甘苦雜。不如食蜜中邊甜。水芳即體厚○荊州風土
記南陽酈縣北。有菊水。源旁悉芳菊。水極甘馨。飲此水
上壽百二十。中壽百餘。傳休奕詩秋蘭蔭玉池。池水清
且芳。韓愈詩水芳綴孤舟。袁凱
詩茲為山水選。風氣固深厚。名泉亦多覽○水記
濟南名泉七十二。薩都刺詩天下知
名第一泉。晉書范汪傳多所通覽。未若此為首○史記

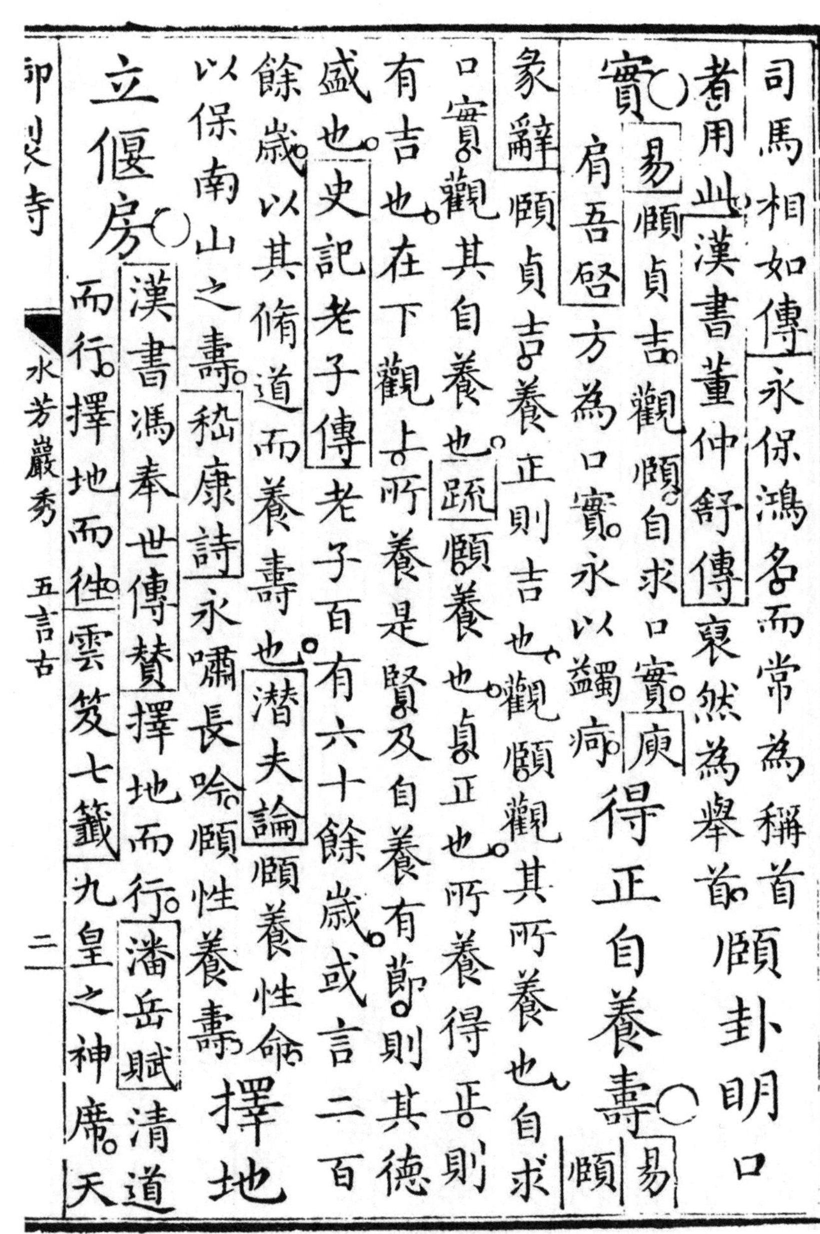

司馬相如傳永保鴻名而常為稱首者用此。漢書董仲舒傳褎然為舉首。頤卦明口實○易頤貞吉。觀頤自求口實。庾肩吾啓方為口實。永以蠲痾。得正自養壽○易頤象辭頤貞吉養正則吉也。觀頤觀其所養也。自求口實觀其自養也。疏頤養也。貞正也。所養得正則有吉也。在下觀上所養是賢及自養有節。則其德盛也。史記老子傳老子百有六十餘歲。或言二百餘歲。以其脩道而養壽也。潛夫論頤養性命。以保南山之壽。嵇康詩永嘯長吟。頤性養壽。擇地立偃房○漢書馮奉世傳贊擇地而行。擇地而住。潘岳賦清道而行。雲笈七籤九皇之神席。天尊之偃房。

根基度長久。

淮南子城之有基。木之有根。根深即本固。基美則上寧。詩經始靈臺疏經理而量度。初始為靈臺之基址。又大雅度其隰原。周禮土方氏以土地相宅注土地猶度地。知東西南北之深而相其可居者。國策長久萬世之善計也。老子天長地久。

節宣在茲求。

左傳君子於是乎節宣其氣。權德輿銘節宣好惡。無愆五事。邵子詩節宣良得宜。書大禹謨念茲在茲。釋茲在茲。王儉山居賛濠梁在茲。何事遐思。宋史陸九淵傳本無欠闕。不必他求。在乎自已而已。

勤儉勿落後。

書大禹謨克勤于邦。克儉于家。文中子不勤不儉。無以為

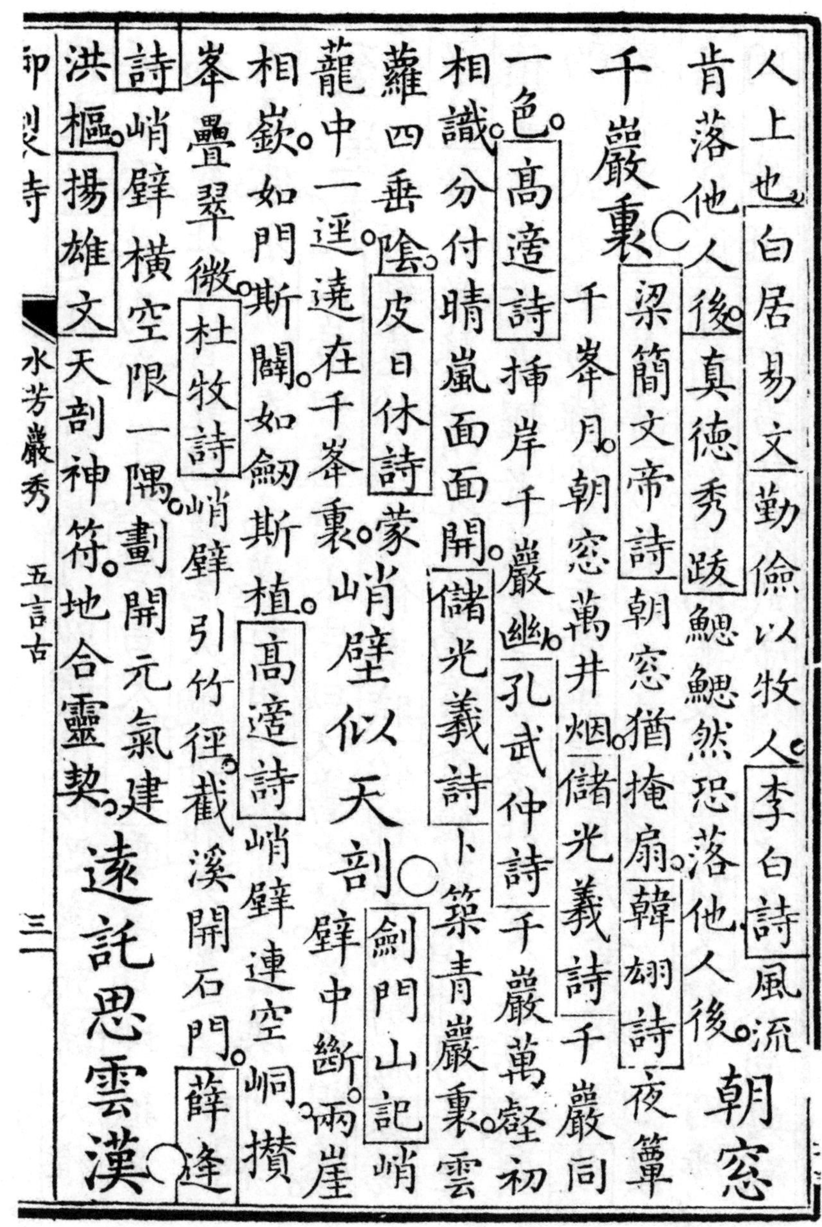

人上也。白居易文勤儉以牧人。李白詩風流

肯落他人後。真德秀跋鰓鰓然恐落他人後。朝窗

千巖亶○梁簡文帝詩朝窗猶掩扇。韓翃詩夜篳

千峯月。朝窗萬井烟。儲光羲詩千巖同

一色。高適詩挿岸千巖幽。孔武仲詩千巖萬壑初

相識。分付晴嵐面面開。儲光羲詩卜築青巖裏雲

蘿四垂陰。皮日休詩蒙峭壁似天剖○劍門山記峭

巃中一逕遶在千峯裏。山壁中斷。兩崖

相嵚。如門斯闢。如劒斯植。高適詩峭壁連空峒攢

峯疊翠微。杜牧詩峭壁引竹徑。截溪開石門。薛逢

詩峭壁橫空限一隅。劃開元氣建

洪樞。揚雄文天剖神符。地合靈契。

遠託思雲漢○

嵇康詩遠託崑崙墟。何劭詩悟物思遠託。詩大雅倬彼雲漢。為章于天。唐書天文志雲漢自坤抵艮為地紀。北斗自乾攜巽為天綱。埤雅水氣之在天為雲。水象之在天為漢。杜甫詩杳窕入雲漢。

怡神至星斗○

文房四譜唐太宗曰。攻書之時。當收視聽。絕慮怡神。傅休奕賦怡神爽而解顔。歐陽澈詩澈玉泉聲清洗耳。靄雲香縷靜怡神。列子星積氣之中有光耀者。漢書天文志北斗天之喉舌。斟酌元氣。運平四時。晉書元帝紀論星斗呈祥。杜甫詩秀氣沖星斗。

精研書家奧○

後漢書何休傳精研六經。世儒無及者。張說文經目所涉。罔不精研。宣和書譜梁武帝得義之千字。令周興嗣次之。自爾書家每以是為程課。鮮于樞王大令帖詩不讓驪黃求駔駿。書家自有九方皋。張懷瓘書斷今天子筆精墨妙。思極天人。然猶進而不已。惟奧惟玄。虞世南書旨述八體六文。必揆其理。制成今體。乃窮奧旨。

臨池愈澁手

法書要錄張芝臨池學書池水盡墨。庾肩吾書品論敏手謝於臨池。銳意同於削板。岑文本述飛白勢詩別有臨池草。恩霑垂露餘。姑溪題跋陳瑩中作小楷有秀氣。時拘窘自澁。王建詩水寒手澁絲脆斷。

清淡作飲饌

晉書儒林傳清虛沖淡。與俗異軌。神仙傳薊子訓性好清淡。孔平仲詩清淡得我性。蘇轍詩来飲杯饌闕。

偏心惡

旨酒。孟子禹惡旨酒而好善言。何承天將進
酒篇思旨酒。寄遨遊。敗德人。甘醇醪。讀老
杜甫詩數篇吟可老。陸游詩讀書有味聊

無逸篇

忘老。書君子所其無逸。先知稼穡之艱難。
乃逸則知小人之依。唐書崔植傳宋璟手寫尚書無
逸圖以獻。宋史仁宗紀景祐二年。置邇英延義二閣。寫
尚書無逸
篇於屏。

年年祝大有

唐明皇詩處處祠田祖年
年宴杖鄉。趙彥昭詩年年
歲歲樂於斯。蔣渙詩年年承雨露。禮記月令天子
乃祈來年於天宗。詩魯頌自今以始。歲其有。疏五穀大
熟豐有之年。春秋大有年。公羊傳大有年者何。
大豐年也。王維詩四海方無事。三秋大有年。

萬壑松風

在無暑清涼之南。據高阜臨深流。長松環翠。壑虚風度。如笙鏞迭奏聲。不數西湖萬松嶺也。

偃蓋龍鱗萬壑青。

抱朴子大陵偃蓋之松。大谷倒生之柄。凡此諸木。皆與天齊其長。地等其久。杜甫題松樹障子歌陰崖却承霜雪幹。偃蓋反走虬龍形。司馬光詩倚崖松偃蓋。埤雅龍八十一

佃 詩

鱗。具九九之數。王維詩閉户著書多歲月。種松皆作老
龍鱗。晉書顧愷之傳愷之至荆州。人問以會稽山川之狀。
愷之云。千巖競秀。萬壑爭流。鮑照登廬山詩千巖盛阻
積。萬壑勢迴縈。李白詩望極九霄迥。賞幽萬壑通。

逶迤芳甸雜雲汀。

淮南子河逶迤故能遠。馬第
伯封禪儀記羊腸逶迤名曰
環道。高士傳四皓歌漠漠高山。深谷逶迤。白居易詩新
溜碧逶迤。謝朓詩雜英滿芳甸。梁簡文帝咏風詩飄飄
散芳甸。汎濮下蓬萊。許敬宗詩春暉發芳甸。杜
甫詩鶴下雲汀近。周砥詩月明吹笛看雲汀。

白華朱萼勉人事。

詩小序白華。孝子之潔白也。李善文
選注言孝子事父母。亦潔已如白華。

東晳補亡詩白華朱萼。被於幽獨。注華萼在林薄之中。若孝子之在衆兄弟中。自然鮮潔。王勃啓趨庭洽訓。共歌朱萼之篇。避席承歡。猶守青箱之業。史記太史公自序夫春秋上明三王之道。下辨人事之紀。史通堯舜二典直序人事。禹貢一書唯言地理。

愛敬南陔樂正經。

孝經愛敬盡於事親。而德教加於百姓。潘岳安身論忠肅以奉上。愛敬以事親。可以御一體。可以牧萬民。詩小序南陔孝子相戒以養也。李善文選注陔隴也。言南者南方養萬物。此以戒養。故取之為名。東晳補亡詩循彼南陔。言采其蘭。注以蘭芬芳。故循陔采之以養父母。高適詩高堂詠南陔。蘇頲詩自有長筵歡不極。還將綵服咏南陔。詩譜序文武之德光熙前緒。其時風有周南召南。雅有鹿鳴文王之屬。及成王周公致太平。制禮作樂。而頌聲興焉。謂之詩之正經。

晉書司馬彪傳 譙周以司馬遷史記書周秦以上。或採俗語百家之言。不專據正經。周于是作古史考二十五篇。皆憑舊典以糾遷之謬誤。

宋史選舉志 當於正經出題。

抱朴子 正經為道義之淵海。子書為增深之川流。

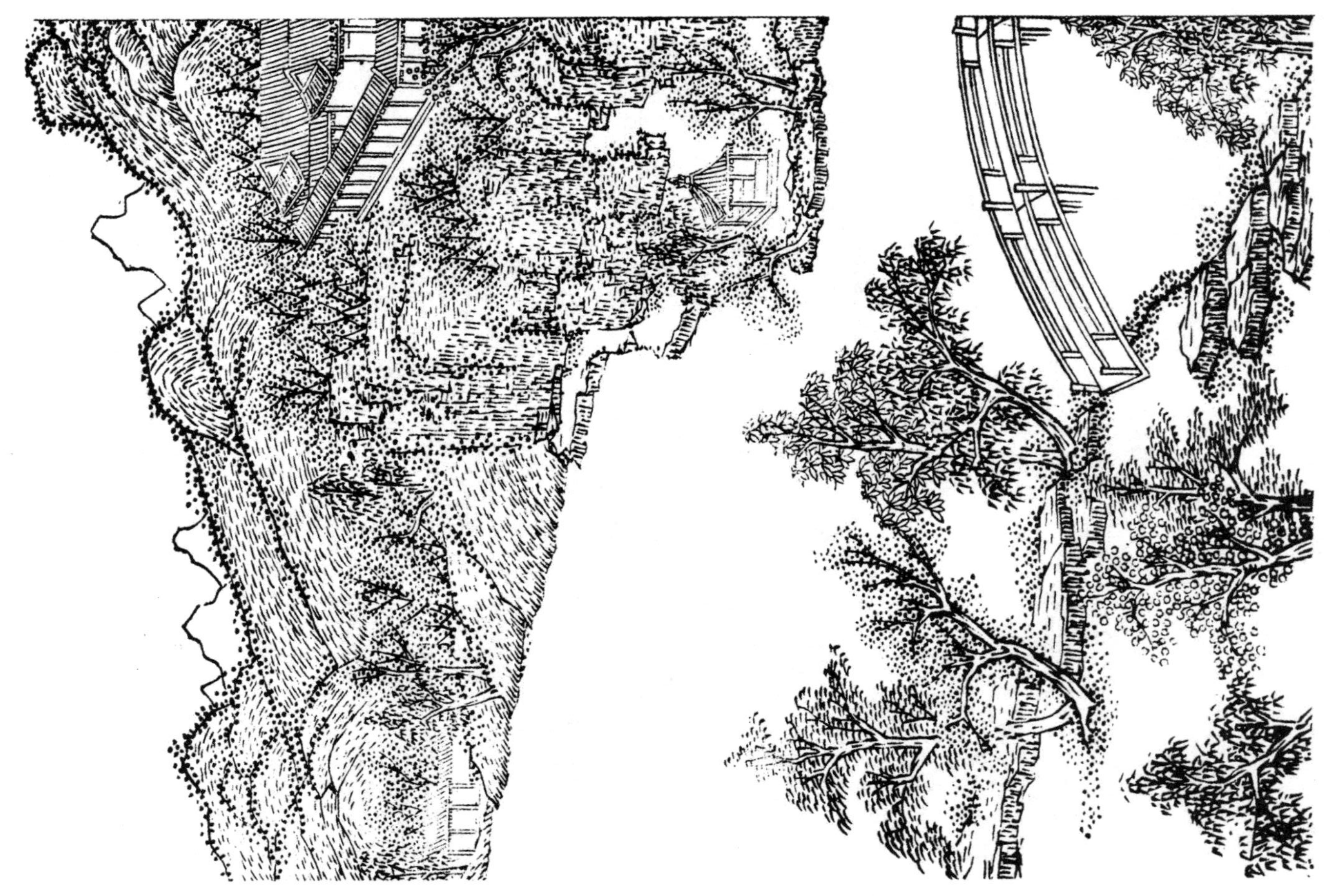

松鶴清越

進榛子峪。香草遍地。異花綴崖。夾嶺亂松蒼蔚。鳴鶴飛翔。登蓬瀛臨崑圃。神怡心曠。洵仙人所都。不老之庭也。

壽比青松顛○南昌志建昌冷水觀。壽松一株。盤屈奇古。黄庭堅天保松銘勿伐勿敗祝聖人壽。于邵畫松讚頗主人之此壽。從君子之靜觀。江淹詩青松挺素萼。孟郊詩青松多壽色。杜甫詩青松寒不落。

千齡葉不凋

淮南子千歲之松。下有茯苓。上有兔絲。述異記千年之松香聞十里外。一名十里香。徐陵文千齡壽鶴。或舞松枝。李嶠詩喬木千齡外。懸泉百尺餘。荀子松柏隆冬而不凋。蒙霜雪而不變。可謂得其貞矣。嵇康詩遙望山上松。隆冬不能彫。張宣明詠松詩寒霜十二月。枝葉獨不凋。

銅龍鶴髮健

漢書龍樓門注門樓上有銅龍。若白鶴飛廉之為名也。王勃九成宮頌序銅龍對霤。接飛瀑而常流。鐵鳳連甍。當鶩颷而佇立。賈曾詩銅龍曉闢問安迴。李商隱詩玉壺傳

點咽銅龍。歐陽脩詩鶴髮高堂獻

喜動四時調

壽觴。蘇軾詩鶴髮初生千萬壽。喜動公卿。上於萬

玉海章騰郡國。開數千百祀之祥。喜動公卿。上於萬斯年之頌。朱子壽母生朝詩今朝喜色動簾幃。楊萬里文四時調于玉燭五星協于珠囊。

松鶴清越

雲山勝地

萬壑松風之西。高樓北向。憑窓遠眺。林巒煙水。一望無極。氣象萬千。洵登臨大觀也。

萬頃園林達遠阡。【謝惠連雪賦】眄隰則萬頃同縞。【范仲淹岳陽樓記】上下天光。一碧萬頃。【溫庭筠詩】萬頃江田一鷺飛。【陶潛詩】詩書敦夙好。園林無俗情。【祖詠詩】南山當户牖。灃水入園林逋儲光羲詩天高風雨散。清氣在園林。唐無名氏千畝望幸賦脩隴惟直。遐阡甚夷。趙孟頫題耕織圖詩相呼攜筐去。迢遞立遠阡。

湖光山色入詩箋

李羣玉詩湖光迷翡翠。草色醉蜻蜓。馬戴詩門前山色能深淺。壁上湖光自動搖。朱子詩月色三秋白。湖光四面平。王維詩江流天地外。山色有無中。岑參詩山色低官舍。湖光映吏人。蘇軾詩湖光瀲灩晴偏好。山色空濛雨亦奇。蜀箋譜百韻箋。合以兩色材為之。其橫視常紙長三之二。可以寫詩百韻。故云。賈島詩抄詩上彩箋。吳澄詩賡詩何惜費長箋。

披雲見水平清理

世說衛伯玉見樂廣曰此人人之水鏡也見

之若披雲霧。覩青天。陸機連珠披雲看霄。則天文清澄風觀水。則川流平。謝靈運詩排霧屬朱明。披雲對清朗。李縱詩顧欲披雲見。楚辭九思窺見兮溪澗。流水兮沄沄。司空圖河上詩沙邨平見水。深巷有鷗聲。詩原隰既平。泉流既清。注土治曰平。水治曰清。崔駰大理箴如石之平。如淵之清。吳融詩依依芳草拂檐平。遶竹溪流浸骨清。

未識無愆守節宣。孔稚圭謝賜生荔枝啟信西岷之佳珍。諒東鄙之未識。宋之問翦綵花應制詩人間都未識。天上忽先開。書鑒于先王成憲。其永無愆。漢書蕭望之傳率意無愆。靡有後言。後漢書朱暉傳黃髮無愆。左傳君子有四時。朝以聽政。晝以訪問。夕以脩令。夜以安身。於是乎節宣其氣。勿使有所壅閉湫底以露其體。隋書律曆志九章五紀之旨。三統四分之説。咸以節宣發歛。考詳晷緯。布政授時。以為皇極者也。文心雕龍吐納文藝。務在節宣。權德輿幾銘節宣好惡。無愆五事。

四面雲山

澄泉繞石迤西。過泉源。盤岡紆嶺。有亭翼然。出衆山之巔。諸峯羅列。若揖若拱。天氣晴朗。數百里外巒光雲影。皆可遠矚。亭中長風四達。伏暑時蕭爽如秋。

殊狀崔嵬裏 後漢書禰衡傳贊 殊狀共體同聲異氣。丘遲詩 詭怪石異象嶄絶峯殊狀。韓愈詩 呑納各殊狀。詩 陟彼崔嵬。宋之問詩 帳殿鬱崔嵬。仙游實壯哉。李中舟中望九華山詩 排空蒼翠異。輟棹看崔嵬。

蘭衢入好詩 謝靈運撰征賦 引蔓顈於松上。擢纖枝于蘭逵。爾雅 九達謂之逵。四達謂之衢。白居易詩 樓閣宜佳客。江山入好詩。羅隱詩 百尺鮫綃換好詩。

遠岑如鏡秀 李中詩 開門對遠岑。吳鎮詩 亭下人家帶遠岑。晉書顧愷之傳 還至荆州。人問以會稽山川之狀。愷之云。千巖競秀。萬壑爭流。草木蒙籠若雲興霞蔚。葉顒詩 孤雲屢出奇。羣峯競呈秀。

近

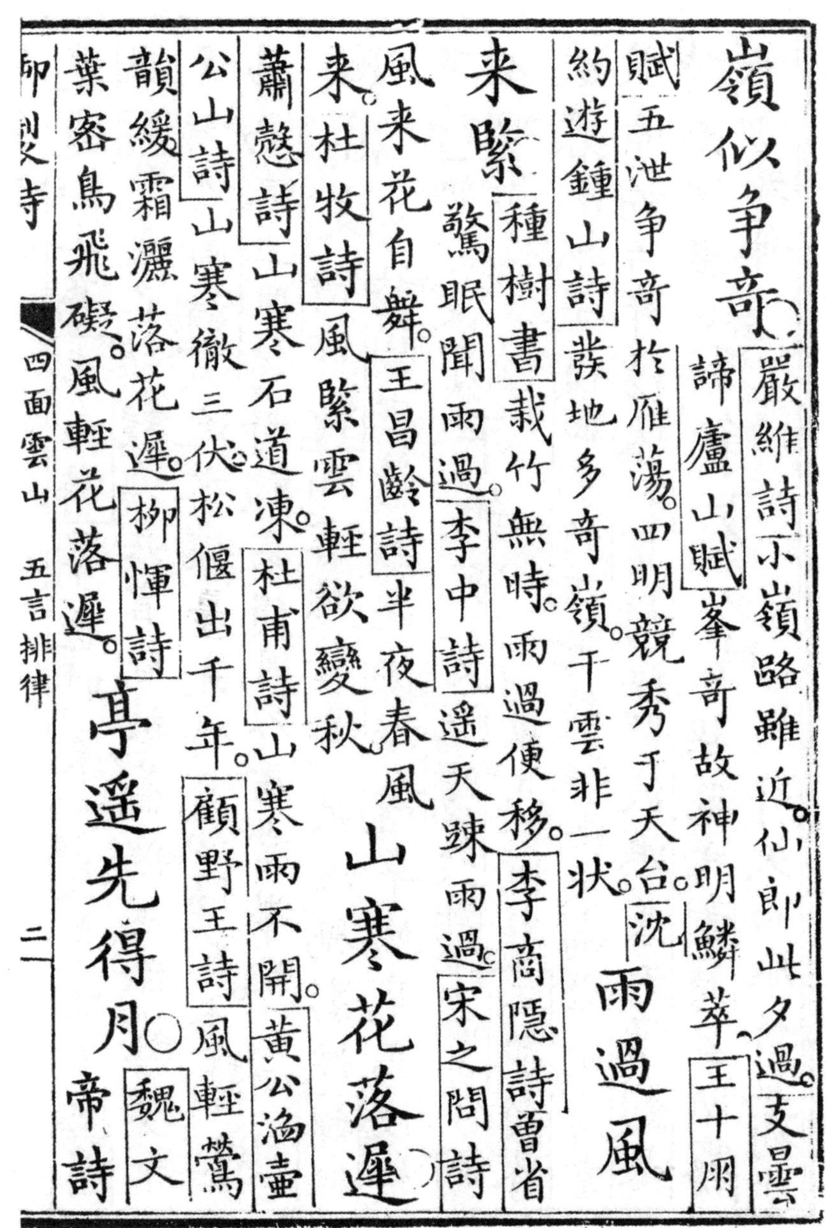

嶺似爭奇。嚴維詩小嶺路雖近。仙郎此夕過。支曇諦廬山賦峯奇故神明鱗萃。王十朋賦五泄爭奇於雁蕩。四明競秀于天台。沈約遊鍾山詩婁地多奇嶺。干雲非一狀。

雨過風來繁。種樹書栽竹無時。雨過便移。李商隱詩曾省驚眠聞雨過。李中詩遥天䟽雨過。宋之問詩風來花自舞。王昌齡詩半夜春風來。杜牧詩風繁雲輕欲變秋

山寒花落遲。蕭愨詩山寒石道凍。杜甫詩山寒雨不開。黃公渦壺公山詩山寒徹三伏。松偃出千年。顧野王詩風輕鶯韻緩。霜灑落花遲。柳惲詩葉密鳥飛礙。風輕花落遲。

亭遥先得月。魏文帝詩

柳惲詩

遥遥山上亭。李中詩 翠色晴来近。長亭路去遥。清
夜録 范文正鎮錢塘。兵官皆被薦。獨巡檢蘇麟不
見録。乃獻詩云。近水樓臺先得月。向陽花木
易為春。王阮詩 野曠易得月。谷虚常帶烟。

樹客顯高枝。

許渾詩 樹客猿聲響。波澄鴈影深。郝經
詩 樹客鶯愁濕。陶潛詩 卓然見高枝。杜
甫詩 屈鐵交錯迴高枝。

潮平無湧浪。

王灣詩 潮平兩岸濶。風正一帆懸。王維詩 惨
淡暮潮平。丁復西湖竹枝歌 錢塘潮来兩岸平。唐書
黄帝祠古井湧浪。杜甫詩 江間波浪兼天湧。劉基
詩 南溟風浪湧吞舟。

霧浄少多岐。

梁簡文帝詩 星明霧色浄。天白雁行單。列子

大道以多岐亡羊。許渾詩世路任多岐。朱子詩多岐諒匪安。

脉脉金明液

古詩盈盈一水間。脉脉不得語。范雲詩誰云相去遠。脉脉阻光儀。宋史禮志淳化三年三月。帝幸金明池。湘山野録張鄧公士遜晚春出南薰。繚繞都城游金明。拒暮指宜秋。而入皮日休詩金液初開與鶴嘗。

溶溶積翠池

楚辭情溶溶其若淵。白居易詩渭水綠溶溶。李德裕詩碧山幽靄水溶溶。唐書魏徵傳帝宴羣臣積翠池。酣樂賦詩。唐太宗述聖賦序其勝地則有積翠凝碧。庾信濬池詩翻逢積翠浪。鄭谷詩雪天常更識昆明灰。

常憂思解慍

見憂。家語舜作

卯詩

五絃琴。歌曰。南風之薰兮。可以解吾民之愠兮。張天
興賦南風解愠兮。正德厚生。張九齡詩解愠物從
風。樂志餘清悲。禮記獨樂其志。不厭其道。國策
非以養欲而樂志也。欲以論德而
要功也。後漢書仲長統傳欲卜居清曠以樂其志。
統嘗作論。又作詩二篇。以見其志。陸機詩閒夜撫鳴
琴。惠音清且悲。蘇軾詩老人不解飲。短
句餘清悲。陸游詩神林簫鼓晚清悲。素學臣
鄰老。史記莊周傳周善屬書離辭。指事類情。用
剽剝儒墨。雖當世宿學。不能自解免也。任
昉表宿心素志。無復二辭。書臣哉鄰哉。邵雍耆年
詩初心本欲賤臣鄰。帝里司迴斗柄春。

自不知

晉書食貨志九年躬稼而有三年之蓄。可以長孺齒。可以養耆年。荀生載記碩德耆年德侔尚父。鄭谷詩掾倚自不知。白居易詩忽看月滿還相憶始歎春来自不知。李商隱詩自有仙才自不知。

北枕雙峯

環山莊皆山也。山形至北尤高。亭之西北。一峯峻岀。勢陂陀而逶迤者。金山也。其東北。一峯拔起。勢雄偉而崒嵂者。黑山也。兩峯翼抱。與茲亭相鬲峙焉。

嶔崎岡岫紫宸闕○謝靈運山居賦上嶔崎而蒙龍。下深沉而澆激。張正見石賦連山蔽虧。巨石嶔崎。爾雅釋山山脊岡。山有穴為岫。五代史李琪傳紫宸。便殿也。謂之閤。唐會要紫宸者。人臣至敬之所。猶玄極可見不可得而升也。楊巨源皇壽無疆詩玉漏飄青瑣。金鋪麗紫宸。鄭錫日中有王字賦臨紫宸乎千門洞照。出黃道乎八極增光。白居易詩衙排宣政仗。門啓紫宸闕。

乾地金峯坎黑山○易說卦乾。西北之卦也。又乾為金。江淹游黃檗山詩金峯各巍日。銅石共臨天。易說卦坎者。水也。正北方之卦也。書禹錫苦熱玄圭注水色黑。張子容詩黑山峯外陣雲開。

雲生雙嶺腹 梁簡文帝有苦熱詩 全唐詩話 文
宗夏日與諸學士聯句。曰人皆苦炎
熱。我愛夏日長。柳公權續曰薰風自南來。殿閣生微
涼。李商隱詩 又若夏苦熱。燋卷無芳津。符子 堯曰
予立檽扉之內。霏然而雲生於牖。沈約詩 雲生嶺乍
黑。日下谿半陰。劉克莊詩 路由高頂過。雲在半腰生。
盧思道詩 雙嶺帶崤函。儲光羲詩 雙嶺前夾
門。唐太宗詠雨詩 低飛昏嶺腹。斜足灑層阿。 盆傾
瞬息落溪灣 張喬華山詩 一夜盆傾雨。陸游詩 雷
車動地電火明。急雨遂作盆盎傾。宗
史薛季宣傳 瞬息偏百里。王僧孺文 瞬息不留。朱
子詩 宇宙一瞬息。爾雅釋水 水注川曰溪。許渾詩 溪

御製詩

亭四面山。橫柳半溪灣。元

明善詩

鶴歸月落前溪灣。

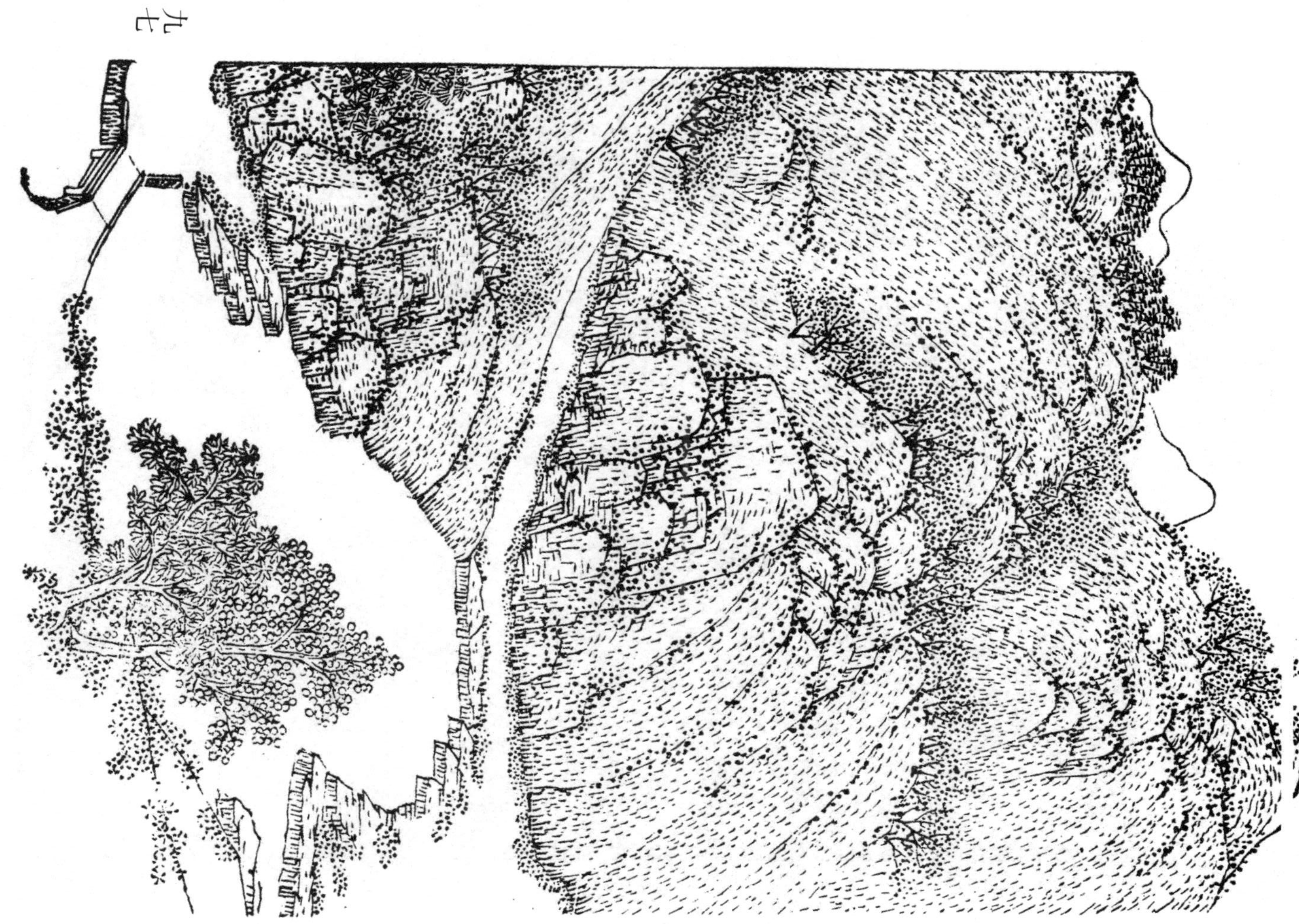

B

西嶺晨霞

傑閣凌波。軒窗四出。朝霞初煥。林影錯繡。西山麗景。入几案間。始登閣。若履平地。忽緣梯而降。方知上下樓也。

雨歇更闌斗柄東。〔虞世南詩〕雨歇連峯翠。〔崔湜詩〕雨歇青林潤。烟空綠野閑。李憕詩 雨歇南山積翠來。李覯詩 一宵清話到更闌。方干詩 晨雞兩遍報更闌。鷗冠子 斗柄東指。天下皆春。張翥詩 夜夜雲隨斗柄東。韋元旦詩 年年斗柄東無限。願把瓊觴壽北辰。

成霞

聚散

四方風

河圖 崑崙山有五色水。赤水之氣上蒸為霞。錢起青城山歌 錦屛雲起易成霞。王洞花明不知夕。楊萬里詩 晚雲雨過却成霞。王建古謠 一聚一散天邊霞。韋執中白雲無心賦 氤氤氳氳。或聚或分。其散也氣。其興也雲。爾雅釋天 南風謂之凱風。東風謂之谷風。北風謂之涼風。西風謂之泰風。淮南子 古者明堂之制。下之潤濕弗能及。上之霧露弗能入。四方之風弗能襲。王嘉拾遺記崑崙山有四面風。東西南北。一時俱作。

時光豈在凌雲句○

歐陽脩詩 身閒始覺時光好。史記司馬相如傳 飄飄有凌雲之氣。王勃滕王閣序 楊意不逢。撫凌雲而自惜。杜甫詩 凌雲健筆意縱橫。文心雕龍 長卿之徒。詭勢瓌聲。模山範水。所謂辭人繁句也。

寡過清談宜守中○

禮表記 恭近禮。儉近仁。信近情。敬讓以行此。雖有過。其不甚矣。夫恭寡過。情可信。儉易容也。論語 夫子欲寡其過而未能也 朱子詩 寡過良所欲。後漢書鄭泰傳 清談高論。噓枯吹生。唐書賀知章傳 善談說。與陸象先善。象先嘗謂人曰。季真清談風流。吾一日不見。則鄙吝生矣。歐陽脩詩

御集註

玉麈清談消永日。老子

多言數窮。不如守中。

錘峯落照

平岡之上。敞亭東向。諸峯橫列於前。夕陽西映。紅紫萬狀。似展黃公望浮嵐暖翠圖。有山矗然倚天。特作金碧色者。磬錘峯也。

縱目湖山千載留。杜甫詩南樓縱目初。方干詩縱目四山宜永日。開襟五月似高秋。張鏡觀象賦縱目遠覽傍極四維李白詩風開湖山貌錢起詩湖山遠近色。昬旦烟霞時歐陽脩有美堂記環以湖山。左右映帶。劉長卿白雲詩千載空雲山。梁簡文帝詩高名千載留。

枕澗報深秋○

史記封禪書夜若有光晝有白雲起封中。淮南子白泉之埃上為白雲。謝靈運詩巖高白雲屯。謝惠連詩蕭踈野趣生逶迤白雲起。白居易泛渭賦目白雲乎瀨清流。爾雅釋山山夾水澗。梁簡文帝䟽枕倚巖壑。吐納烟雲。湯洙詩層巒枕碧溪。韓翃詩風吹山帶遥知雨。露濕荷裳已報秋。許棠詩報秋涼漸至。李中詩影踈當夕照。花亂正深秋。范成大詩新霜徹曉報秋深。染盡青林作纈林巉巖自有爭佳處爾雅崒者厜㕒注謂峯頭巉巖劉勰新論巑石巉巖輪囷糺結謝朓詩巉巖帶遠天蘇軾後赤壁賦履巉巖披蒙茸宋史張宗誨傳嵩洛伊瀍天下佳處皆間適之人所自有耳續世說盧藏用指終南曰此中大有佳處韓愈詩頗借圖經將入界每逢佳處便開看未若此峯景最幽梁簡文帝行雨山銘茲峯獨擅嶔崎千變吳鎮松泉圖詩景幽佳子足靜賞戴叔倫詩湖山景最幽李中詩詩家景最幽

南山積雪

山莊之南。複嶺環拱。嶺上積雪。經時不消。於北亭遥望。皓潔凝映。晴日朝鮮。瓊瑶失素。峨眉明月。西崑閬風。差足比擬。

圖畫難成丘壑容（李嘉祐詩圖畫風流似長康。林逋詩晚来山北景。圖畫亦

應非。李頻詩馬頭山色畫應難。方干詩氣象四
時清。無人畫得成。晉書謝鯤傳一丘一壑。自謂過
之。王勃序縱觀於丘壑。渺然有山林陂澤之思。李
白詩自愛丘壑美。孫覿詩一丘破天巧。萬壑迴春姿

濃粧淡抹耐寒松。

麻九疇詩歲寒未許東風管。
淡抹濃粧得自由。耶律楚材
詩反笑素英渾淡抹。卻嫌紅艷太濃粧。朱子詠雪
詩不應琪樹猶含凍。翻笑楊花許耐寒。論語歲寒
然後知松柏之後凋也。
李頎詩寒色五陵松。

水心山骨依然在。

晉書
束皙
傳秦昭王見金人奉水心之劒。孫覿詩行穿山半腹
坐占水中心。薩都剌詩水心驚起鴛鴦飛。博物志

地以名山為輔佐石為之骨圖繪寶鑑范寬落筆雄偉老硬真得山骨吴筠詩清寒入山骨元好問詩溪光淡於氷山骨淨如玉王勃宴山亭序巖壑依然弦歌在屬韋嗣立詩谿嶂各依然

不改

氷霜積雪冬

王儉高松賦貫四時而不改岑參詩千古長不改鮑照樂府君不見氷上霜表裏陰且寒王安石詩草樹萋巳綠氷霜尚涵淹晉書陶侃傳積雪始晴餘雪猶濕楚辭九歌斲氷子積雪謝靈運詩明月照積雪唐庚詩山好更宜餘積雪杜甫詩雪片一冬深

梨花伴月

入梨樹峪。過三岔口。循澗西行可里許。依巖架屋。曲廊上下。層閣參差。翠嶺作屏。梨花萬樹。微雲淡月時。清景尤絶。

雲窗倚石壁。李嶠詩雲窗網碧紗。黄庭堅詩赤壁風月笛。玉堂雲霧窗。謝靈運遊名山志石門山。兩邊石壁。右邊石巖。下臨澗水。江淹詩輕眺清波深。緬瞙石壁素。李白詩枯松倒掛倚絕壁。

月宇伴梨花

江總詩月宇照方疏。宋之問詩仙来月宇空。李嶠詩月宇臨丹地。洞冥記塗山之地有梨。大如斗。紫色。千年一花。食者身輕。亦曰紫輕梨。杜甫春雪詩只緣春欲盡。留著伴梨花。

四季風光麗

蔡邕月令問答春木王。木勝土。土王四季。月令廣義四季上寅採菊。參同契土遊於四季。守界定規矩。張鑌詩四季多花木。窮冬亦不凋。謝朓詩日華川上動。風光草際浮。劉孝綽詩芳洲亘千里。遠近風光扇。冷朝陽詩風光何處好。雲物望中新。千巖

土氣嘉○世說顧長康從會稽還。人問山川之美。長康
云。千巖競秀。萬壑爭流。謝惠連雪賦瞻
山則千巖俱白。蘇軾詩日亂千巖散紅綠。物理論水
土之氣。升而為天。列子東極之北隅。有國曰阜落之國。
其土氣常燠。陸機吳趨行
山澤多藏育。土風清且嘉。
瑩情如白日○江淹詩瑩
情無餘滓。
拂衣釋塵務。詩如日之升。謝惠連雪賦白日
託志結
朝鮮。劉楨詩仰觀白日光。皎皎高且懸。
丹霞○宋玉九辯竊慕詩人之遺風兮。願託志乎素
餐。左思蜀都賦舒丹氣而為霞。朱子感春
賦結丹霞以為綬
兮。佩明月而為璫。
夜靜無人語○謝惠連雪賦夜
幽靜而多懷。鄭

谷朝直詩 落花夜靜宮中漏。陸釴詩 琪花夜靜流金液。白居易禁中夜直詩 此時閒坐寂無語。楊子器早朝詩 朝下迥無人語雜。

朝來對客誇

晉書王徽之傳 西山朝來。致有爽氣。張九齡詩 朝來逢宴喜。春晝却妍和。陸游詩 幽事還堪對客誇。楊載詩 詩成任客誇。

曲水荷香

碧溪清淺。隨石盤折。流為小池。藕花無數。綠葉高低。每新雨初過。平隄水足。落紅波面。貼貼如泛杯。蘭亭觴詠。無此天趣。

荷氣參差遠益清。〔庾信詩〕半道聞荷氣。中流覺水寒。〔韋應物詩〕微風送荷氣〔王安石詩〕荷氣馥初涼。〔方岳詩〕只餐荷氣亦成僊。〔詩周南〕參差荇菜。左右流之。〔沈約詩〕參差互相望。〔杜衍詩〕鑿破蒼苔漲作池。芰荷分得綠參差。〔周子愛蓮說〕香遠益清。亭亭淨植。可遠觀而不可褻玩焉。

蘭亭曲水亦虛名○〔水經注〕浙江又東。與蘭溪合。南湖有天柱山湖口有亭。號曰蘭亭。〔王羲之蘭亭集序〕暮春之初。會於會稽山陰之蘭亭。脩禊事也。〔又〕又有清流激湍。映帶左右。引以為流觴曲水。列坐其次。〔晉書束晳傳〕武帝問摯虞三日曲水之義。晳進曰。秦昭王以三日置酒河曲。見金人奉水心之劍。因此立為曲水。〔北史〕曲水者。取乾道曲成。萬物無滯。〔蜀志秦宓傳〕

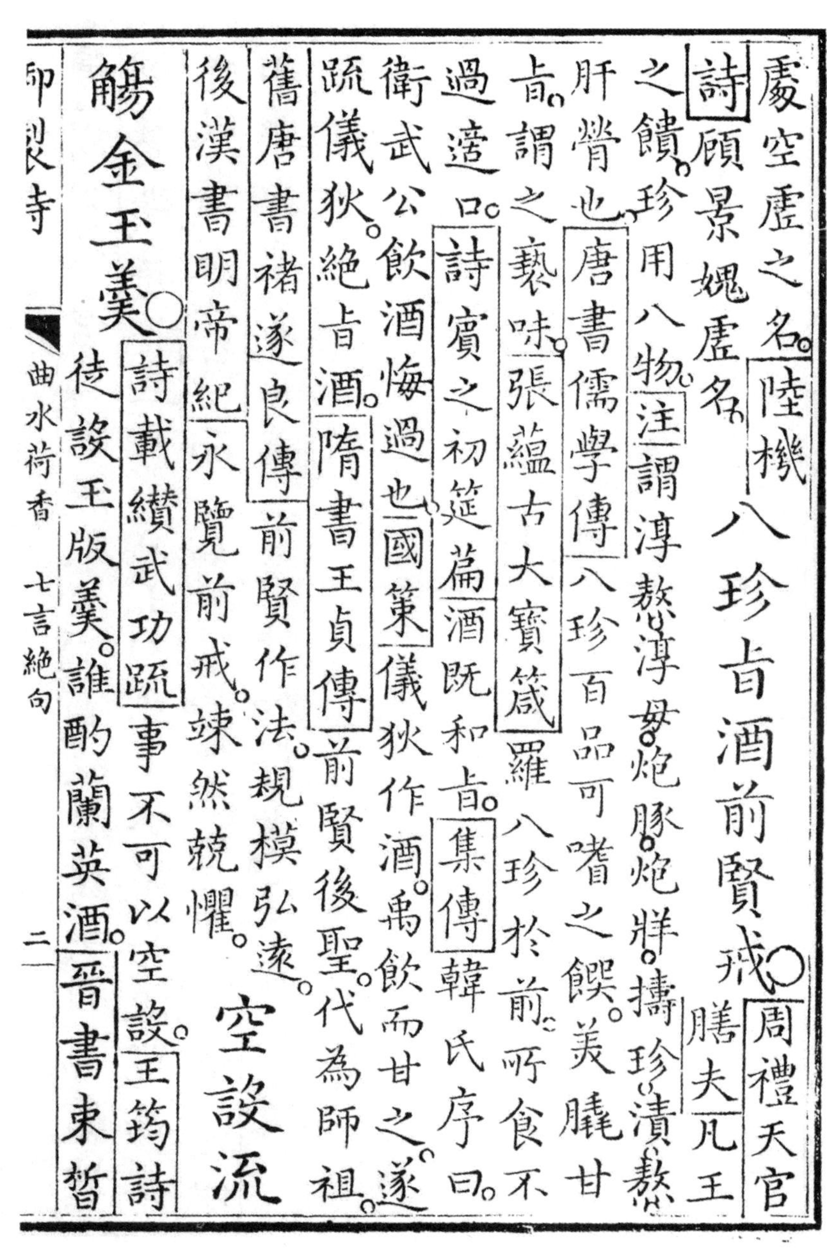

處空虛之名。陸機詩顧景媿虛名。

八珍旨酒前賢戒

周禮天官膳夫凡王之饋。珍用八物。注謂淳熬淳母炮豚炮牂擣珍漬熬肝膋也。唐書儒學傳八珍百品可嗜之饌。美䏣甘旨。謂之褻味。張蘊古大寶箴羅八珍於前。所食不過適口。詩賓之初筵篇酒既和旨。集傳韓氏序曰。衛武公飲酒悔過也。國策儀狄作酒。禹飲而甘之。遂疏儀狄。絶旨酒。隋書王貞傳前賢後聖。代為師祖。舊唐書褚遂良傳前賢作法。規模弘遠。後漢書明帝紀永覽前戒。竦然兢懼。

空設流觴金玉羹

詩載纘武功疏事不可以空設。王筠詩徒設玉版羹。誰酌蘭英酒。晉書束晳傳周公成洛邑。因流水以汎酒。故逸詩云。羽觴隨波。
荆楚歲時記三月三日。土人並出水渚。為流觴曲水
之飲。戴叔倫詩面山如對畫。臨水坐流觴。山家清供
山藥與栗各片截。以羊汁加料煮。名金玉羹。

曲水荷香

風泉清聽

兩峯之間。流泉滴滴。微風披拂。滴石作琴筑音。與鶴鳴松韻相應。泉味甘馨。怡神養壽。恰合章孝標松下泉詩。注瓶雲母滑。漱齒茯苓香。

瑤池芝殿老萊心○穆天子傳天子觴西王母於瑤池之上。邢子才詩彈蓋屬瑤池。杜甫詩西望瑤池降王母。漢書宣帝神雀元年。金芝九莖。產於涵德殿銅池中。東觀漢記明帝永平七年。公卿以芝生前殿。表賀。奉觴上壽。劉孺侍宴詩芝殿延藻景。李義府詩明王敦孝感。寶殿秀靈芝。孝子傳老萊子至孝。年七十。著五色斑斕衣。弄雛烏於親側。朱子詩但願年年似今日。老萊母子俱徜徉。劉方平詩安親更切老萊心

湧出新泉萬籟吟。

爾雅釋水濫泉正出。正出涌出也。魏徵九成宮醴泉銘有泉隨而涌出。白居易詩涌出石崖下。流經山店前。梁簡文帝詩挂石下新泉。楊炯賦流平舊沼。派溢新泉。嚴維詩山下新泉出。泠泠此發源。權德輿詩石竇納新泉。

莊子地籟則衆竅是已。人籟則比竹是已。敢問天籟。子綦曰。夫吹萬不同。而使其自已也。注謂風之自起自止。姚察詩含風萬籟響。裛露百花鮮。杜甫詩萬籟眞笙竽。秋色正瀟灑。崔湜詩泉和萬籟吟。

芳檻倚欄蒸靈液。

劉兼詩更有馨香滿芳檻。和風遲日在蘭蓀。趙嘏詩倚欄香徑晚。張喬詩盡日倚欄吟。黃庚詩紅藕花多倚碧欄。參同契下有太陽氣。伏蒸須臾間。先液而後凝。號曰黃輿焉。琴賦蒸靈液以播雲。攄神淵而吐溜。王羲之詩靈液被九區。張九齡龍池聖德頌非常而靈液消流。無機而神池浸廣。

南山近指奏清音。

詩小雅如南山之壽。陶潛詩悠然

見南山。祖詠詩南山當户牖。李嶠侍宴詩樹接南山近。烟含北渚遥。陳陶詩憑覽發清奏。淮南子景不為曲物直。響不為清音濁。左思詩非必絲與竹。山水有清音。孟浩然詩風泉有清音。王十朋詩我来遊勝境洗耳聽清音。

御製避暑山莊詩目録

下卷

青楓綠嶼　五言律

鶯囀喬木　七言絶句

香遠益清　調柳梢青

金蓮映日　五言絶句

遠近泉聲　五言絶句

雲帆月舫　調太平時

雙湖夾鏡七言絶句

長虹飲練七言絶句

甫田叢樾五言絶句

水流雲在五言絶句

濠濮閒想

清流素練。緑岫長林。好鳥枝頭。遊魚波際。無非天適。會心處在南華秋水矣。

茂林臨止水。○王羲之蘭亭集序此地有崇山峻嶺。茂林脩竹杜甫登江樓詩檻峻背幽谷。窗虛交茂林。周禮地官稻人以潴畜水。以防止水。以遂均水。以列舍水。以澮寫水。莊子人莫監于流水。當監于止水。江總方鏡銘明齊止水照與天長。

閒想託身安。

世說簡文入華林園顧謂左右曰會心處不必在遠。翳然林水便自有濠濮閒想覺鳥獸禽魚自來親人。易君子安其身而後動。左傳子產曰君子有四時。朝以聽政。晝以訪問。夕以修令。夜以安身。南史身與山河等安。翁卷詩自言緣事了。方得此身安。

飛躍禽魚靜。

詩鳶飛戾天。魚躍于淵。李羣玉詩赤霄終得意。天池俟飛躍。魏書崔鴻傳導禮革俗之風。昭文變性之化。固以感彼禽魚。穆茲寒暑。蕭子良詩幼賞悅禽魚。蘇軾詩欲徙南溪侶禽魚。宣和畫譜徐熙畫花竹禽魚之類。極奪造化之妙。

神情欲狀難。

世說神情散朗。宣和畫譜范寬卜居終南太華之間。覽其雲烟慘淡。風月陰霽。難狀之景。默與神遇。寄於筆端之間。元稹畫松詩乃悟塵埃心。難狀烟霄質。趙師秀會景軒詩此中非一景。欲狀固難名。

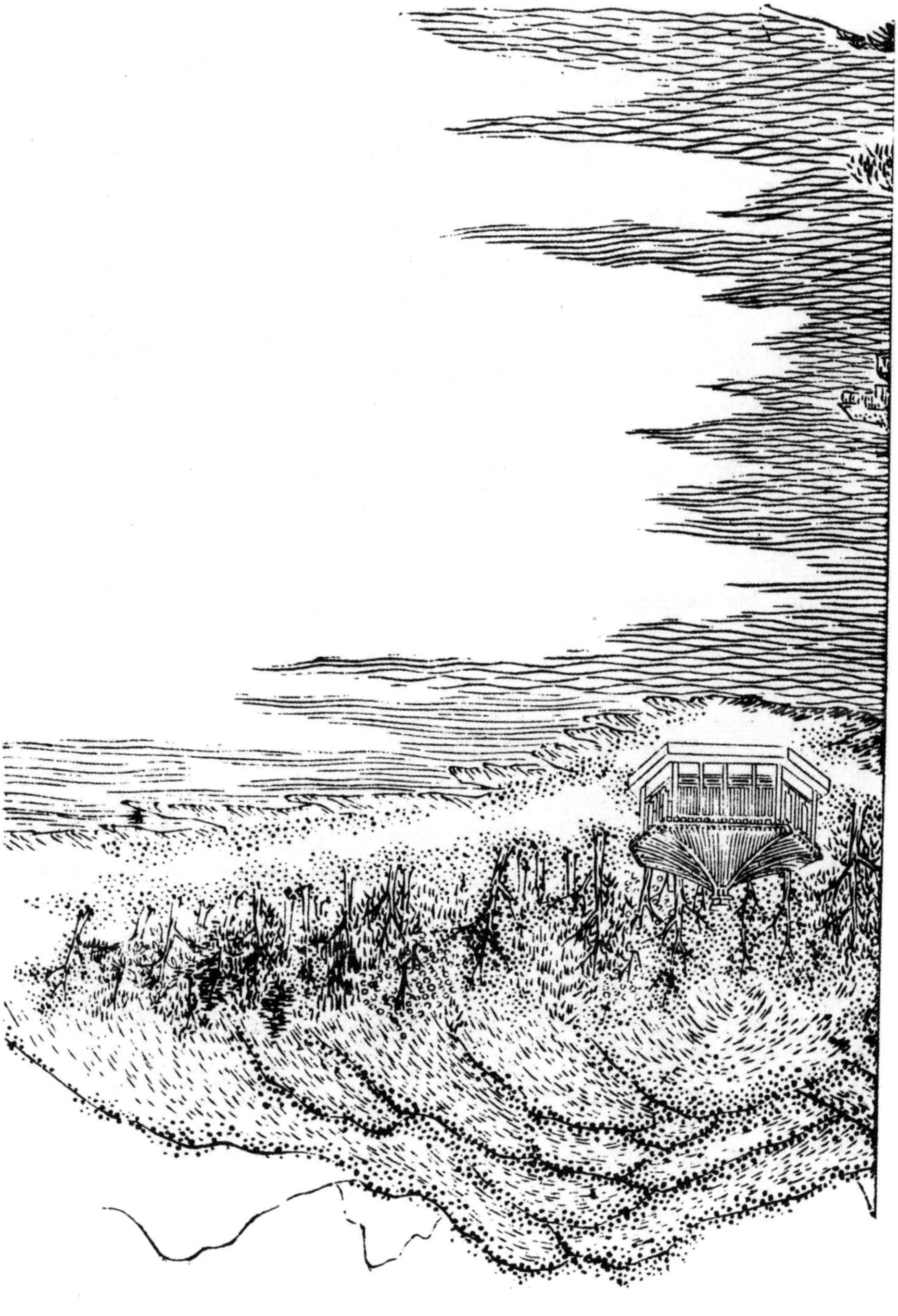

天宇咸暢 調萬斯年曲

湖中一山突兀。頂有平臺。架屋三楹。北即上帝閣也。仰接層霄。俯臨碧水。如登妙高峯上。北固煙雲。海門風月。皆歸一覽。

通閣斷霞應卜居。李尤平樂館銘層樓通閣。崔日用詩鳳閣斜通平樂觀。梁

御製詩

簡文帝舞賦似斷霞之照彩。若飛鸞之相及。張說詩春山挂斷霞。范成大詩海氣烘晴入斷霞。朱子詩斷霞千里抹殘紅。漢書郊祀志卜居之而吉。後漢書仲長統傳欲卜居清曠以樂其志。任昉書卜居郊郭。縈帶川阜。

人烟不到麗晴虛○

李白登宣城北樓詩人烟寒橘柚秋色老梧桐。錢起詩絕徑人稀到。芳蓀我獨尋。杜荀鶴詩漁樵不到處。麋鹿自成羣。朱子瀑布詩空質麗晴暉。龍鸞共掀舞。陸龜蒙詩石窓何處見。萬仞倚晴虛。

雲葉淡巧萬峯明

古今注五色雲氣金枝玉葉。有花葩之象。張正見詩春光落雲葉。花影發晴枝。駱賓王序辟彩澄虚漏輕光於雲葉。珪陰散迴。摇碎影於風梧。李嶠詩雲葉錦中飛。孟浩然詩微雲淡河漢。庾肩吾謝啓芝英雲氣之巧。孟郊詩日窺萬峯首。月見雙泉心。陸游詩巉巉倒影萬峯青。楊萬里詩玉峯雲剥逗斜明。

雁過初

賈島詩避暑蟬移樹。登高雁過城。楊炯詩長洲鴻雁初。羊士諤詩曉風山郭雁飛初。歐陽脩芙蓉詩開時霜落雁初過。

賓鴻侶

禮記月令鴻雁来賓。注雁以中秋先至者為主。季秋後至者為賓。沈約詩復值南飛鴻。差池共成侶。李嶠詠雁詩寄語能鳴侶。相隨入帝鄉。

鷗雨秋花遍洲嶼

蘇軾詩細雨斜風不濕鷗。釋惠洪詩接翅鷗歸霧雨

卯之詩

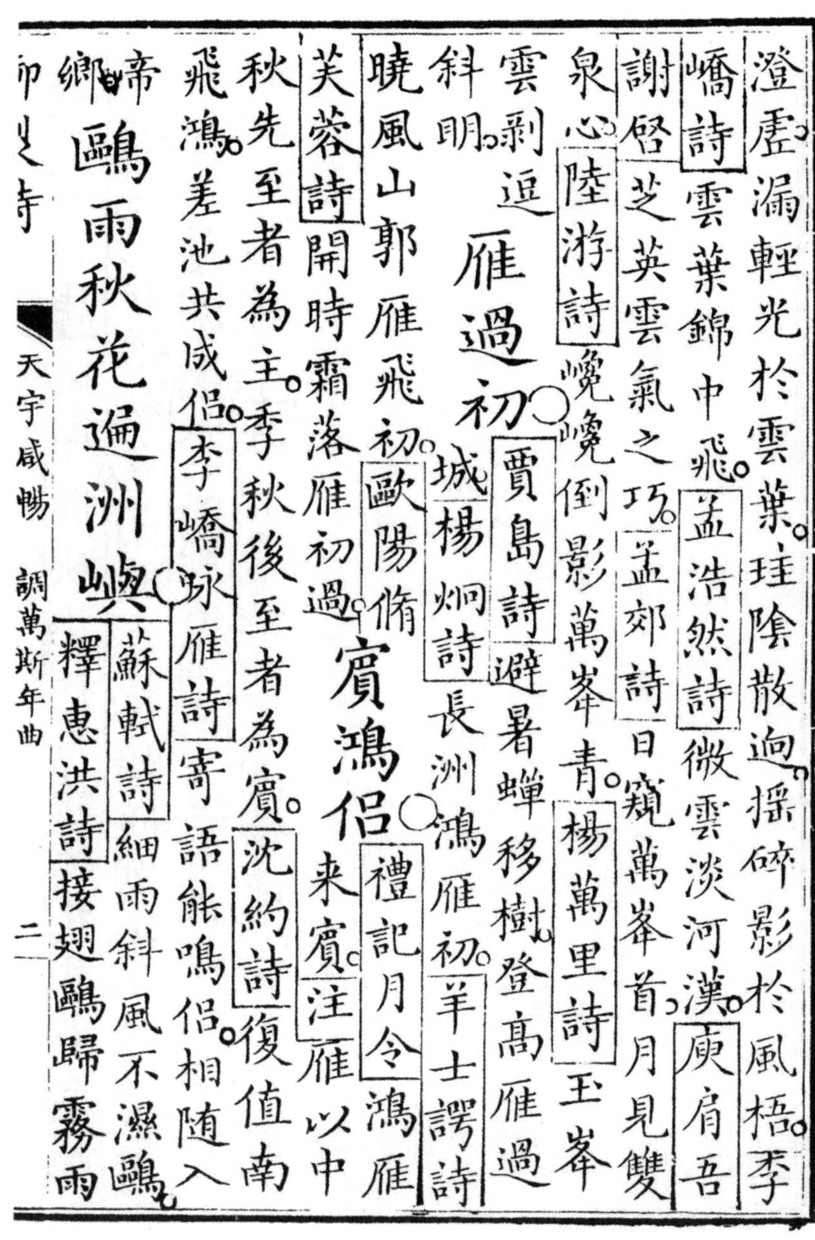

殘。王僧孺詩晚節拂秋花。杜甫詩秋花危石底。耿
湋詩拂霧湧秋花。南越志海鷗隨潮上下。常以三月
風至。乃還洲嶼。張説鄭公園池序離洲
別嶼。竹館荷亭。許有孚詩昂立洲嶼連。

暖溜暄波

曲水之南。過小阜。有水自宫墻外流入。盖湯泉餘波也。噴薄直下。層石齒齒。如漱玉液。飛珠濺沫。猶帶雲蒸霞蔚之勢。

水源暖溜輙蠲痾。爾雅。蹶泉。水源也。漢書李廣利傳。迺先至宛。决其水源移之劉長卿詩過雨看松色。隨山到水源。樓鑰詩四明山深水源遠。唐高宗過温湯詩暖溜驚湍駛。寒空碧霧輕。孫綽天台山賦醴泉涌溜于陰渠。庾信温湯碑文豈若醴泉消疾。聞于建武之朝。神水蠲疴。在乎成康之世。梅摯八功德水記水在蔣山悟真庵後。梁天監中始得名。一清水。二冷水。三香水。四柔水。五甘水。六净水。七不饐水。八蠲疴水。

涌出陰陽滌蕩多○漢書水泉涌出。後漢書中元二年夏。京師醴泉涌出。白居易詩涌出石崖下。流經山店前。通書水陰根陽。火陽根陰。注水陰也。而生于一。則本乎陽也。火陽也。而生于二。則本乎陰也。温泉寒火論邵康節曰。世有温泉而無寒火晁昭徳解曰。陰能順陽。而陽不能順陰也。陸游詩日精月華鍊陰陽。樂緯般湯改制易正。而盪滌故俗。班固東都賦于是百姓滌瑕蕩穢而鏡至清。晉書成公綏傳心滌蕩而無累。志離俗而飄然。陶弘景文滌蕩紛穢。表裏雪霜。

懷保分流無近遠。

書懷保小民。漢書司馬相如賦蕩蕩乎八川分流。相背而異態。晉書成公綏傳川瀆浩瀚而分流。朱子詩澗水分流響珮環。漢書鄭吉傳注中西域者。言處諸國之中。近遠均也。韓愈詩幽事隨去多。孰能量近遠。趙孟頫詩孟夏土加潤。苗生無近遠。

窮簷盡誦自然歌。

韓愈詩窮簷時見臨。陸游詩春風也解

[illegible][illegible]詩

到窮簷。後漢書何敞傳使百姓歌誦。史臣紀德。雲

笈七籤太真夫人詩至樂非金石。風生自然歌

泉源石壁

獅逕之北。岡嶺蜿蜒數里。翠崖如壁。下瞬流泉。泉水靜深。尋源徙倚。咏朱子問渠那得清如許。為有源頭活水来之句。悠然有會。

水源依石壁。爾雅疏泉水源也。王維詩階下羣峯首。雲中瀑水源。劉長卿詩過雨看松色。隨山到水源。宋无詩百折歷雲嶠。千花通水源。蘇軾詩崢嶸依絕壁。高士傳老子居亳。有虛無堂。石壁鐫道德經。學畫秘訣山腰雲塞。雜石壁泉塞。張九齡玉泉山寺詩石壁開精舍。

踏至河隈。

甘泉賦駢羅列布。鱗以雜踏兮。袁易詩琴中流水瀾翻落。畫裏秋山雜踏開。李嶠詩黃金瑞牓絳河隈。白玉仙輿紫禁來。

清鏡分霄漢。

西都賦祛黼帷鏡清流。韓愈詩為將纖質凌清鏡。南史宋高祖紀望霄漢以永懷。眄山川以增佇。水經廬山之南。有上霄石。高壁緬然。與霄漢連接。宋之問詩開襟坐霄漢。杜甫詩蓬萊宮闕對南山。承露金莖霄漢間。朱子武夷精舍詩

突兀倚層波濺碧苔。劉安招隱士谿谷嶄巖兮水
霄漢。層波。杜甫天池詩百頃青雲杪
層波白日中。李羣玉詩層波隔蘭渚。白居易三游洞序
水石相薄。跳珠濺玉。李郍入重陽閣詩丹𡐦染碧苔。
日長定九數。詩春日遲遲疏遲遲者日長而暄之意
鶴林玉露唐子西云山靜似太古日長
如小年。李賀詩花枝入簾白日長。周禮地官保氏養國
子以道乃教之六藝。六曰九數。注九數方田粟米差分少
廣商功均輸方程贏朒不足旁要也。元史王恂傳六歲就
學。十三學九數。管子作九九之數以合天道。而天下化之
髮白考三才。參同契髮白皆變黑。齒落生舊所。易
兼三才而兩之。故易六畫而成卦。庾信

上玉律表三才既立。君臣之道已陳。六位時成。禮樂之功斯立。潘岳西征賦化一氣而甄三才。李商隱詩三才萬象共端倪。

天貺名猶鄙〇六月六日。宋真宗天書下降。故名天貺節。宋史真宗紀大中祥符元年春正月。有黃紙曳左承天門鴟尾上有司以聞。名羣臣拜迎于朝元殿啓封。號稱天書。六月六日。天書再降于泰山醴泉北。詔以是日為天貺節。史臣曰。真宗封禪事作。祥瑞沓臻。天書屢降。導迎奠安。一國如狂。吁可怪也。

居心思道該〇書康誥宅心知訓傳常以居心則知訓民。朱子詩居心無物轉虛明。書說命恭默思道。東都賦案六經而校德。眇古昔而論功。仁聖之事既該。而帝王之道倫矣。王安石英德殿上梁文道該五泰。德貫二儀。程行諶詩象繫微言闡。詩書至道該。

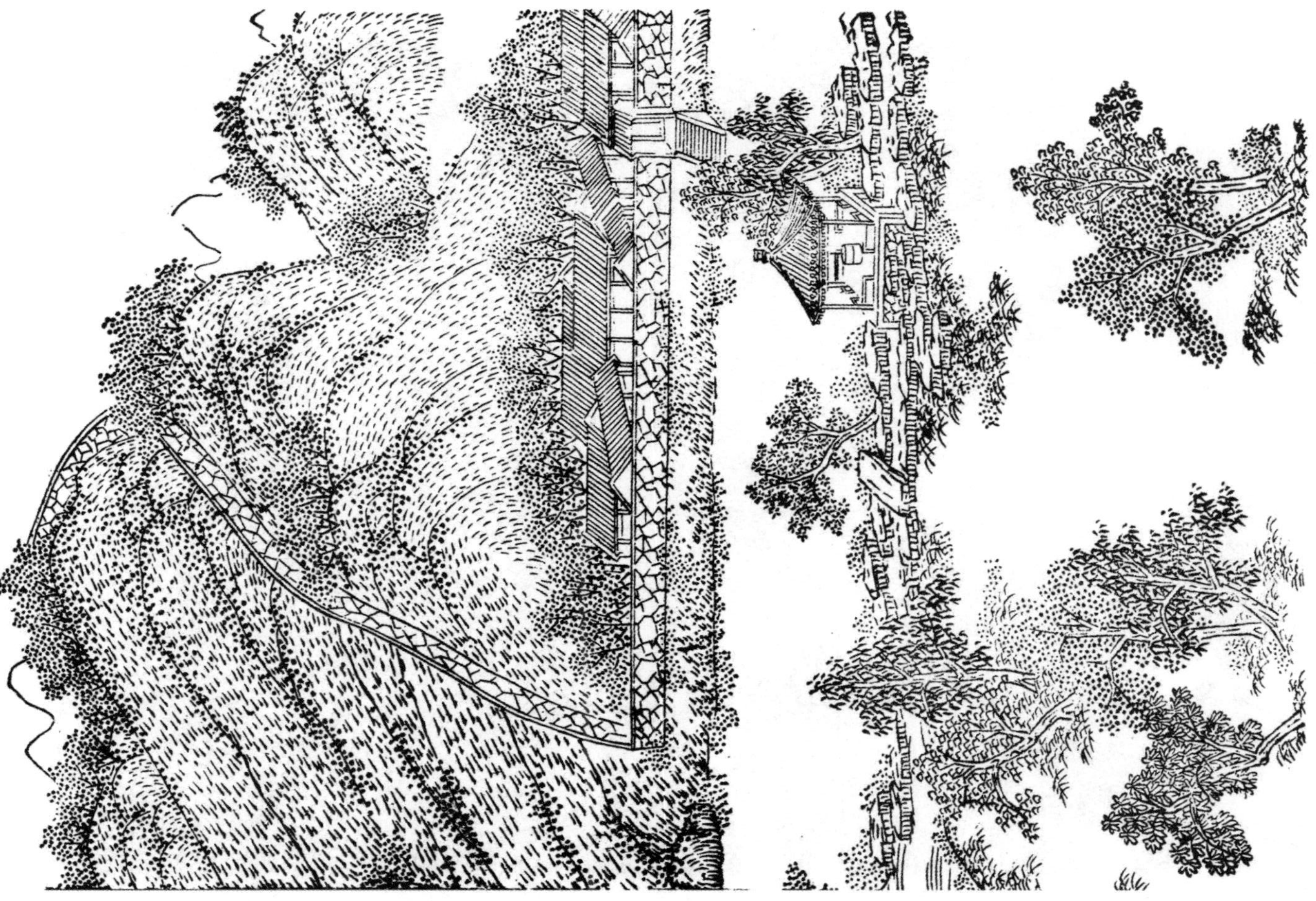

泉源石壁

青楓綠嶼

北嶺多楓。葉茂而美蔭其色油然不減梧桐芭蕉也。踈窻掩映。虗凉自生。蘿蔦交枝。垂掛崖畔。水似青羅帶。山如碧玉簪。奇境在户牖間矣。

石磴高盤處

水經注罽賓之國。有盤石之磴。梁蕭統詩牽蘿下石磴。攀桂陟松梁。陸游詩藤杖有時懸石磴。王建遊七泉寺詩盤磴迴廊古塔深。劉因龍潭詩盤磴脫交蔭。平壇得高岑。僧齊己詩下浸與高盤。吳鎮詩不畏崎嶇磴百盤。

青楓引物華

李白詩青楓滿瀟湘。杜甫詩旅雁上雲歸紫塞。家人鑽火用青楓。李嘉祐詩青楓獨映搖前浦。白鷺閑飛過遠村。隋書律歷志姑洗三十四律。其二十三曰物華。王勃滕王閣序物華天寶人傑地靈。王維詩為乘陽氣行時令。不是宸遊玩物華。白居易詩綠野堂開占物華。朱子詩物華始信如詩好。春色方知似

洒濃
聞聲知樹密
鬼谷子遥聞聲而相思。許渾詩樹密猿聲響。波澄雁影深。郝經詩樹密鶯愁濕。庭荒雀畏深。
見景絶紛譁
闊寛詩愛見澄清景。吴景奎詩野人居處絶紛譁。芳援踈籬八九家。元好問詩不来堅坐看紛譁。
綠嶼臨窗牖
韓翃詩青林朝送客。綠嶼晚囬舟。顧況黄鶴樓歌綠嶼沒餘煙。白沙連曉月。庾信詩還是臨窗月。今秋迥照松。陸龜蒙幽居賦覆井之新桐乍引。臨窗之舊竹猶存。蘇軾詩臨窗相對疑通神。曾鞏詩垂露臨窗理素書。後漢書窗牖皆有綺䟽青瑣。李尤牖銘天設窗牖。開光照陰。江淹詩朱霞入窗牖。

晴雲趂綺霞○

韓愈詩 晴雲如擘絮。新月似磨鎌。杜牧詩 晴雲如絮惹低空。李商隠詩 江上晴雲雜雨雲。梁蕭統 七召 綺霞映水。蛾月昇天。元稹詩 朝光借綺霞。徐鉉詩 名題小篆矜岳露。詩作吳吟對綺霞。雍裕之詩 綺霞明赤岸。錦纜繞丹枝。

忘言清靜意○

莊子 言者所以在意。得意而忘言。陶潛詩 此中有真意。欲辨已忘言。孟浩然詩 物情今已見。從此願忘言。史記老子傳 無為自化。清靜自正。後漢書 天下清靜。庶事咸寧。道德經 清靜為天下正。道德指歸論 明王聖主之治大國也。清靜為常。平易為主。程鉅夫 贊 勞謙得士。清靜寧民。法苑珠林 我以身口清淨意。咸各歸命稽首禮。頻望羣生嘉。漢書董仲舒傳陰陽調而風雨時。羣生和而萬民殖。曹植詩天覆何彌廣。苞育此羣生。朱子虞帝廟樂歌七政協兮羣生嘉。

鶯囀喬木

甫田叢樾之西。夏木千章。濃陰數里。晨曦始旭。宿露未晞。黃鳥好音。與薰風相和。流聲逸韻。山中一部笙簧也。

昨日聞鶯鳴柳樹　張諤詩　昨日蒲萄初上架。白居易詩　昨日今朝又明日。名山記西湖十景一曰柳浪聞鶯。温庭筠詩透簾斜月獨聞鶯。薩都剌詩玉堂夜月舊聞鶯。禽經鶯鳴嚶嚶。孫萬壽詩幽谷早鶯鳴。韓愈詩柳樹何人種。行行夾岸高。元稹詩柳樹迎風一道斜。

今朝閱馬至崇杠。

詩以永今朝。梁簡文帝詩握蘭唯是旦。採艾亦今朝。漢書金日磾傳注見馬。謂名閱諸馬也。北齊書閱馬于北牧。水經注漳水逕趙閱馬臺。孟子歲十一月徒杠成。釋名杠橋也。晉書載紀造庭燎于崇杠之末。高十餘丈。

朱英紫脫平原綠。

禮斗威儀人君乘土而王。其政太平。而遠方神獻其朱英紫脫。宋均注北方之物。上值紫宮。王融曲水詩

序紫脫華。朱英秀。孫氏瑞應圖王者仁義行則
生紫脫。王勃乾元殿頌序黃麰紫脫。湊仙頡於中
繼。翠蓮丹莫。疊靈珠于上序。劉基梅花圖詩石
壇日夜長蒼苔。紫脫瑤英為誰好。漢書平原廣野。
王禹偁詩郊原曉綠初經雨。巷陌春
陰乍禁烟。陸游詩平原漸放春蕪綠。月駟雲驪
錯落駹。王海雲驪月駟天儲其英。顏延之赭白馬賦
稟靈月駟。祖雲驪兮。李商隱文願陪月駟
雲驪。慶千斯于邑蹕。郭璞遊仙詩雲驪非我駕。李
白詩吾當從雲驪。西都賦隋侯明月。錯落其間。江淹
賦暖碧臺之錯落。李商隱詩綠樹轉燈珠錯落。爾
雅馬面顙皆白惟駹。周禮用駹注駹謂不純色也。

談藝錄

香遠益清 調柳梢青

曲水之東。開涼軒。前後臨池中植重臺千葉諸名種。翠盖凌波。朱房含露。流風冉冉。芳氣竟谷。

出水漣漪。詩品 謝脁詩如芙蓉出水。杜公瞻詠芙蓉詩 灼灼荷花瑞。亭亭出水中。李白詩 白蓮方出水。詩 河水清且漣猗。王維詩 青翠漾漣漪。蒲道源白蓮詩 伶俜寒影照漣漪。

香

清益遠○陳造竹米行野叟好事能分吾。香清而洌甘而腴庚信進象經賦表沉玉而觀淵。泉益遠

不染偏奇○淨住子心常無礙。空有不染。李白詩花將色不染。孟浩然詩看取蓮花淨。方知不染心。顏延之碧芙蓉頌澤芝芳艷。擅奇水屬。趙長卿詞偏奇處。當庭月暗。吐焰如虹。

沙漠龍堆魏志蘇則傳化洽中國。德流沙漠。唐太宗賦頓王綱於沙漠。漢書白龍堆注龍堆形如土龍身。有尾。高大者二三丈。埤者丈餘。皆東北向相似也。按白龍堆即沙磧蜿延如龍。綿亘數千里。頭朝東南。尾向西北。地近東北部落。敖漢其一也。產荷花色鮮辦大。勝于內地。

青湖芳草○荊州記巴陵有青草湖。周

迴百里。日月出没其中。湖南有青草山。故名。元稹詩明月滿帆青草湖。李白詩影落明湖青黛光。王勃採蓮賦膡芳草兮已殘孫綽蘭亭集後序高嶺千尋長湖萬頃乃藉芳草。鑑清流覽卉物觀魚鳥。李頎詩彭蠡湖邊芳草春。

疑是誰知

李白詩輕舟泛月尋溪轉。疑是山陰雪後來。王適梅詩不知春色早。疑是弄珠人。白居易詩身心安樂復誰知。

移根各地參差

庾信枯樹賦三河徙植九畹移根。孔紹安石榴詩可惜庭中樹移根逐漢臣。古詩各在天一涯。翁卷詩梅花分地落。韓愈詩兩地無千里。詩參差荇菜左右采之。杜衍詩芰荷分得綠參差。

歸何處那

分公私○高適詩明月相隨何處眠○邵雍詩春歸畢
竟歸何處○王季友鑒止水賦雖萬形之森
列○終一鑒而區分○蘇頲詩雲雨之施已遍
公私○牛弘雩登歌公田既雨私亦濡○樓起千
層○牡丹史黃白繡毬○白賽玉碧天一色○皆碎瓣起樓申
時行瑞蓮賦蜃樓起而峥嶸○常衮詩麗日千層
艷○孤霞一片光○楊萬里詩一朶
碧蓮三萬丈○數来花片八千層○荷白數頃○宋史河渠志于湖塘
淺岸○漸次包白○種植菱荷○白居易詩宮城烟月饒全
占○皮日休詩濤頭倏爾過○數頃跳鯆鲟○張元幹詞藕
花萬頃開浮蘂 炎景相宜○郭璞江賦經營炎景之外○曹植槐賦覆陽精之炎景散流

耀以增鮮【虞世南詩】早秋炎景暮。【梁簡文帝詩】春風

本自奇。楊柳最相宜。【元稹詩】紅芳憐靜色。深與兩

相宜。

香遠益清

金蓮暎日

廣庭數畝。植金蓮花萬本。枝葉高挺。花面圓徑二寸餘。日光照射。精彩煥目。登樓下視。直作黃金布地觀。

正色山川秀。傅休奕賦被黃中之正色。歐陽脩詩煌煌正色秀可餐。孫綽天台山賦天台山者。盖山嶽之神秀者也。胡微之芙蓉城傳畧周瑶英與王子高登東廂之樓。憑欄縱觀山川清秀。李郢詩莫言獨有山川秀。過日仍聞官長清。

金蓮出五臺。

金史金蓮花。取金枝相連之義。清涼山志山有旱金蓮。如真金挺生緑地。相傳是文殊勝蹟。周伯琦上都紀行詩注上都草多異花。有名金蓮花者。似荷而黄。袁桷上京雜詠金蓮細雨香。華嚴經疏清涼山者。即雁門郡五臺山。歲積堅冰。夏仍飛雪。文殊傳五臺即五方如来之座。水經注此山五巒巍然。故謂之五臺。徐寅詩一條溪繞翠巖隈。行脚僧言勝五臺。

塞北無梅竹。

江總詩塞北無萱草。杜甫

詩塞北。春陰暮。王惲詩長記扁舟過武夷仙家梅竹滿清溪。捫蝨新語梅至北方。則變而成杏。亦地氣使然也。醫俗亭記東坡云。可使食無肉。不可使居無竹。無肉令人瘦。無竹令人俗。

炎天暎日開。孔融詩巖巖鍾山首。赫赫炎天路。杜甫詩炎天避鬱蒸。蘇軾詩笑語炎天出冰雹。江總木槿賦朝霞暎日殊未妍。樂府暎日花光動。迎風香氣来。

金蓮映日 24

遠近泉聲

北為趵突泉。涌地觱沸。西為瀑布。銀河倒瀉。晶簾暎崖。微風斜捲。珠璣散空。前後池塘。白蓮萬朶。花芬泉響。直入廬山勝境矣。

引泉開瀑布（獨孤及瑯琊溪述序）鑿石引泉。釃其流以為溪。岑參詩釀酒漉松子。引泉通竹竿。柳宗元詩 引泉開故竇。護菜揷新笆。水經注 瀑布飛梁懸河注壑。廬山記 白水在黃龍南。即瀑布也。水出山腹。挂流三四百丈。飛湍林表。望若懸素。天台賦 瀑布飛流以界道。庾信終南山詩 長虹雙瀑布。圓闕兩芙蓉。李白詩 遥看瀑布挂前川。

迸水起飛珠

劉孝綽詩 晨征凌迸水。暮宿犯頹風。鄭谷詩 迸流穿樹墜花隨。李白廬山瀑布詩 飛珠散輕霞。流沫洗穹石。杜甫詩 奔泉濺水珠。白居易三游洞序 水石相薄。跳珠濺玉。

鏘玉雲巖應

張說詩 鏘王宰京河。杜甫詩 鏘鏘鳴玉動。落落羣松直。白居易詩 鏘玉謁王宮。王丘詩 雲巖響金奏。空水灧朱顏。陸龜蒙詩 暫來從露冕何

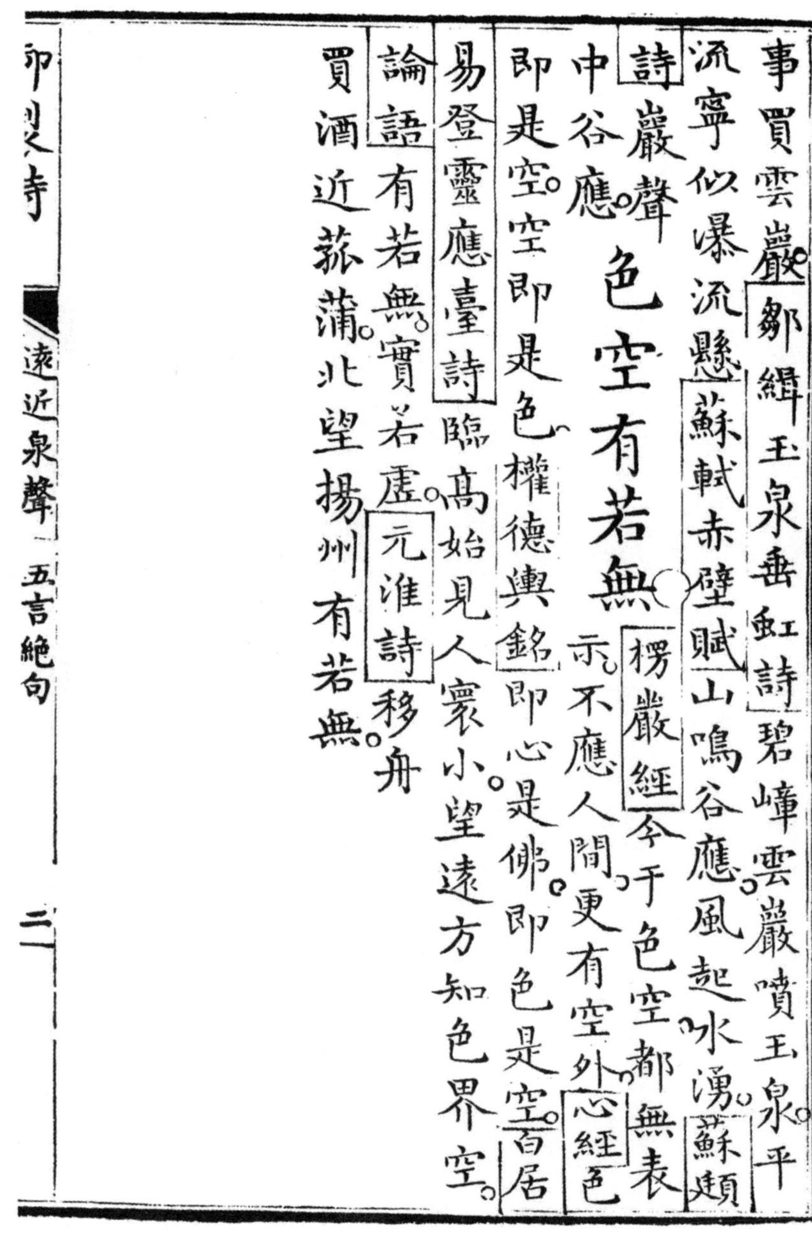

事買雲巖。鄒緝玉泉垂虹詩碧嶂雲巖噴玉泉平流寧似瀑流懸蘇軾赤壁賦山鳴谷應風起水湧。蘇頲詩巖聲中谷應。

色空有若無

楞嚴經今于色空都無表示。不應人間更有空外。心經色即是空。空即是色。權德輿銘即心是佛。即色是空。白居易登靈應臺詩臨高始見人寰小。望遠方知色界空。論語有若無。實若虛。元淮詩移舟買酒近菰蒲。北望揚州有若無。

遠近泉聲

雲帆月舫 調太平時

臨水倣舟形為閣。廣一室。袤數倍之。周以石闌。疏窗掩映。宛如駕輕雲。浮明月。上有樓。可登眺。亦如舵樓也。

閣影凌波不動濤〇 爾雅釋宮 長者謂之閣。 劉禹錫詩 閣影助松寒。 蕭慤詩 凌

御製詩
波動畫船許渾詩樓形向日攢飛鳳。宮勢凌波骿
抃鼇。張環秋河賦黷如平江不動。雍陶詩風波不動
影沉沉。蘇軾詩扁舟夜渡海無濤。

接靈鼇○

列子渤海之東有五山。岱輿員嶠方壺瀛洲蓬萊。皆仙人所居。五山之根。隨潮上下。帝使巨鼇十五舉首戴之。始不動。柳宗元詩積翠浮潛艷。始疑負靈鼇。

蓬萊別殿掛雲霄○

史記海中有三神山。名曰蓬萊。方丈瀛洲。仙人居之。杜甫詩蓬萊宮闕對南山。劉威詩蓬萊一水通雲氣。謝莊文離宮天邃。別殿雲懸。王勃春思賦離房別殿花初匝。宋之問詩御氣雲霄近。登高宇宙寬。

粲揮毫○

漢書兒寬傳光輝充塞。天文粲

然宗欽詩彈毫珠零落紙錦縈。杜甫詩詩成珠玉在揮毫。又揮毫落紙如雲煙

四季

風光揔無踶

蔡邕月令問答春木王。木勝土。土王四季。張蠙詩四季多花木。窮冬亦不凋。謝朓詩日華川上動。風光草際浮。劉孝綽詩芳洲亘千里。遠近風光扇。冷朝陽詩風光何處好。雲物望中新。蘇軾前赤壁賦惟江上之清風。與山間之明月。取之無禁。用之不竭。是造物者之無盡藏也。

臥

閒簫

南史陶弘景愛山水。每經澗谷。必坐臥其間。吟詠不已。世說宗炳好山水。曰當澄懷觀道。臥以遊之。徐景安樂書舜樂謂簫韶九成。鳳皇來儀。故制鳳簫洞簫以彰德也。馬懷素興慶池侍宴詩賞洽猶

聞簫管沸。歡留更覩木蘭輕。吳師道詩 月明酒醒卧聞簫。

後樂先憂薰絃意○

范仲淹岳陽樓記 其必曰先天下之憂而憂。後天下之樂而樂歟。帝王世紀 舜彈五絃琴。歌曰南風之薰兮。可以解吾民之慍兮。權德輿賜宴詩 衢酒和樂被。薰絃聲曲新。許渾詩 一奏薰絃萬古風。劉筠大酺賦 體安舒兮被堯日。氣和樂兮暢薰絃。陶潛詩 此中有真意。

蘊羲爻○

易繫辭 乾坤其易之蘊邪。周禮太卜疏 伏羲本畫八卦。直有三爻。法天地人。後以重之為八八六十四。高士廉文思博要序 仰觀千古。同羲文之爻象。俯觀百王。軼姬孔之禮樂。

芳渚臨流

亭臨曲渚。巨石枕流。湖水自長橋瀉出。至此折而南行。亭左右岸石天成。亘二里許。蒼苔紫蘚。豐草灌木。極似范寬圖畫。

堤柳汀沙翡翠茵。〇荊州記緣城堤邊。悉植細柳。絲條散風。清陰交陌。沈佺期詩岸花緹騎繞堤柳幔城開。劉孺詩日照沙汀素。山影波浪黑。張耒詩岸蓼飛寒蝶汀洲戲水禽。白居易詩水軒平寫琉璃鏡。草岸斜鋪翡翠茵。

清溪芳渚躍凡鱗○

杜甫詩蒖須鷺白鷺相伴宿清溪。張旭詩桃花盡日隨流水。洞在清溪何處邊。張耒詩幽閑古城陰。結屋清溪曲。謝朓詩芳洲多杜若。注洲渚也。李白詩所思採芳蘭。欲贈隔荆渚。潘岳西征賦華魴躍鱗。素鱮揚鬐。喻坦之詩曲岸蔵翹鷺。垂楊拂躍鱗。韓愈文蓋非常鱗凡介之品彙匹儔也。周伯琦龍門詩凡鱗期變化。雷雨在斯須。

數叢夾岸山花放○

杜甫詩數叢芳草在堂陰。水經

注龍門上口夾岸彌深。傾崖返掊巨石臨河若墜
復倚。陶潛桃花源記忽逢桃花林。夾岸數百步。中
無襍樹。芳草鮮美落英繽紛。張正見詩槐花夾岸
飛。朱子詩欝欝層巒夾岸青。徐陵詩山花臨舞
席。虞世南詩山花濕更紅。王勃詩山花不辨名。張
来詩花房待暖徐徐放。柳色隨春旋旋深。趙師秀
詩花放
林逋村。
獨坐臨流惜谷神。
續仙傳張志和為水
戲鋪蓆于水。獨坐其
上。仲長統樂志論使居有良田廣宅。背山臨流陶潛
歸去来辭登東皐以舒嘯。臨清流而賦詩。韓琦詩
觀魚亭檻俯臨流。老子谷神注谷神。虛中之神也。列
子注谷虛而宅有。亦如莊子之稱環中。至虛無物。故謂

谷神。庾信詩虛無養谷神。張說詩清虛用谷神。

雲容水態

闗口之南有室東向緣坡下望緑樹爲田青峯如堵川流溶溶白雲冶冶不知孰爲雲孰爲水也由長橋而渡疑入四明山中一逕分過雲南北

雨過雲容易散

（李中詩）遥天踈雨過。列岫亂雲收。（朱子詩）門開山疊翠。雨罷雲絶跡。（杜牧晚秋詩）雲容水態還堪賞。（淡交詩）積水浸雲容。（朱子詩）寒雲無定容。（儲光羲詩）雲散天高秋月明。（李白詩）雲散窓戶晴。風吹桂子香。

波流水態長存

（劉孝綽詩）月光隨浪動。山影逐波流。（梁簡文帝詩）暗花舒不覺。明波動見流。（許棠詩）衢門終不掩。倚杖看波流。（蘇頲興慶池侍宴詩）水態含清近若空。（元稹詩）山容水態使君知。（楚辭）隨真人兮翱翔。食元氣兮長存。（西京賦）若歷世而長存。（蘇軾詩）琴上遺音久不彈。琴中古義本長存。

悠然世俗惟念

（陶潛）

詩采菊東籬下悠然見南山。唐太宗詩以茲遊觀極悠然獨長想。史記世俗之所知也。王延壽景福殿賦惟天德之不易。懼世俗之難知。蘇軾詩游于物之初世俗安得知。逸周書口察維言心察維念。

必得經書考原

漢書壯好經書。寬博謹慎。後漢馮衍與鄧禹書游神乎經書之林。馳情于元妙之中。史記孟子傳推而遠之。天地未生。窈窕不可考而原也。莊子立之本原而知通于神。舊唐書儒學傳序啓聖人之耳目。窮法度之本原。范育正蒙序潛心天地。參聖學之源。

二一五

澄泉遶石

亭南臨石池。西二里許爲泉源源。自石罅出。截架鳴䉀。依山引流。曲折而至。雨後谿壑奔注。各作石堰以遏泥沙。故池水常澄澈可鑒。

每存高靜意。〔孟郊詩〕高意還卓卓。〔王周詩〕靜意崖穿溜。〔朱慶餘秋園寓興詩〕

誰言高靜意。不異在衡茅。劉滄詩每見山泉長屬意。

至此結衡茅。

宋史李衡傳衡以秘撰致仕。結茅別墅。杖屨徜徉。朱子題畫詩結茅雲壑林。陶潛詩養真衡茅下。庶以善自名。雍陶詩一庭紅葉擁衡茅。

樹密開行路。

何遜詩高樹蔭樓密。細草綠成被。許渾詩樹密猿聲響。波澄雁影深。戴表元張園玩月詩歌情天水遙。坐影人樹密。張說詩水漫荊門濶。山平郢路開。又靈池月滿直城隈。黼帳天臨御路開。蘇軾詩白水田頭問行路。小溪深處是何山。

山長疑近郊。

隋書樂志基同北辰久。壽共南山長。歐陽脩詩高亭可四望。繞郭青山長。爾雅邑外謂之郊。周禮地官以宅田士田賈土任近郊之地。錢起詩耕桑亦近郊。

水泉繞舊石。禮記水泉動。爾雅水源曰泉。梁武帝首夏泛天池詩新波拂舊石。李端山下泉詩素色和雲落。寒聲繞石斜。

雉雀樂新巢。禽經雉介鳥也。本草釋名雉理也。雉有文理也。格物總論雀小鳥也。常依人。搜神記千歲之雉。百年之雀。蓮社高賢傳法志常誦法華。有雉巢於菴側。翔集座隅。若聽受狀。唐書武德中赤雀巢于殿門。宴五品以上。頌者千餘人。易林不如新巢。可以樂居。杜甫詩頻来語燕定新巢。

晴夜荷珠滴。李商隱詩江月夜晴明。李白詩攀荷弄其珠。蕩漾不成圓。錢起

詩跳珠亂碧荷。溫庭筠

露凝衆木梢。李顒感興

詩露滴如珠落點荷。賦露霑丹

而珠凝。唐太宗詩秋露凝高掌。陸賈新語楩梓豫

章。立則爲衆木之珍。李商隱詩高松出衆木。庾信

枯樹賦森梢百頃。杜

甫詩葱菁衆木梢。

澄泉遶石

澄波疊翠

如意洲之後。小亭臨湖。湖水清漣徹底。北面層巒重掩。雲簇濤湧。特開屏障。扁舟過此。輒為流連。正如韋應物詩云。碧泉交幽絕。賞愛未能去。

疊翠聳千仞○孟郊詩疊翠蕩浮碧○方干詩衆山寒疊翠○兩泒綠分聲○杜牧詩千里暮山重疊翠○一溪寒水淺深清○吳融詩疊翠北来千嶂盡○梅堯臣詩翠聳寒溪上○許敬宗掖庭山賦聳絶壑之千尋○枚乘七發上有千仞之峯下臨百尺之谿○左思詩振衣千仞岡○謝靈運詩連峯競千仞○唐明皇詩翠屏千仞合○

澄波屬紫文○鮑照河清頌澄波萬壑○潔瀾千里○盧照鄰詩澄波泛月影○王維詩澄波澹將夕○宋書謝靈運傳論波屬雲委○徐彥伯南郊賦復泓澄子紫波○皮日休詩瑞氣染衣金液啓香烟映面紫文開○

鑑開倒影列○梅堯臣天門泉詩静若仙鑑開○

秦觀詩藕花紅繞鑑中開。邵子詩窗下喜鑑開。漢書音義倒景。日在下。孫綽遊天台山賦或倒影於重溟。或匿峯於千嶺。沈約詩倒景入華池周景式石門澗記流光迴照。則衆山倒影。陸游詩湖水無風鏡面平。巉巉倒影萬峯青。袁桷詩川遠桅影列。

反照共氤氳（）

夢溪筆談董源畫落照圖。悉是晚景。遠峯之頂。宛然有反照之色。杜甫詩反照入江翻石壁。錢起詩反照雲竇空。寒流石苔淺。馬戴詩反照開嵐翠。易繫辭天地絪縕。釋文本作氤氳。舊唐書禮儀志和氣氤氳。淳風澹泊。杜甫詩佳氣日氤氳。張九齡詩靈山多秀色。空水共氤氳。

徑波疊翠

石磯觀魚

遠近泉聲而南渡。石步。有亭東向。倚山臨溪。溪水清澈。脩鱗銜尾。荇藻交枝。歷歷可數。溪邊有平石。可坐以垂釣。

唱晚漁歌傍石磯。

王勃滕王閣序漁舟唱晚。響窮彭蠡之濱。又上巳浮江宴序榜謳齊引漁歌互起。李羣玉詩 嚮棹来空濶。漁歌裊杳冥韓偓詩 漁歌得意扣舷歸。元稹詩 幽人釣石磯。殷遥詩 晴楊拂石磯。

空中任鳥帶雲飛 江淹雜體詩 泠然空中賞。陶潛詩 遥遥萬里輝。迢迢空中影。大戴禮 魚游于水。鳥飛于雲。舞鶴賦 矯翅雲飛。韓愈記 志同而氣合。魚川泳而鳥雲飛也。李賀詩 看取拂雲飛。

羨魚結網何須計 張衡歸田賦 徒臨川以羨魚。董仲舒賢良策 臨淵羨魚。不如退而結網。孟浩然詩 坐觀垂釣者。徒有羨魚情。

備有長竿墜釣肥 司馬相如大人賦 建格澤之長竿兮。総光耀之采旄。王貞白洗竹詩 不圖結實来雙鳳且要長竿釣巨魚李賀詩籊落長竿削玉開。張翰思吴江歌秋風起兮佳景時。吴江水兮鱸魚肥。歐陽脩醉翁亭記臨溪而漁。溪深而魚肥。皮日休西塞山泊漁家詩秋後鱸魚墜釣肥。

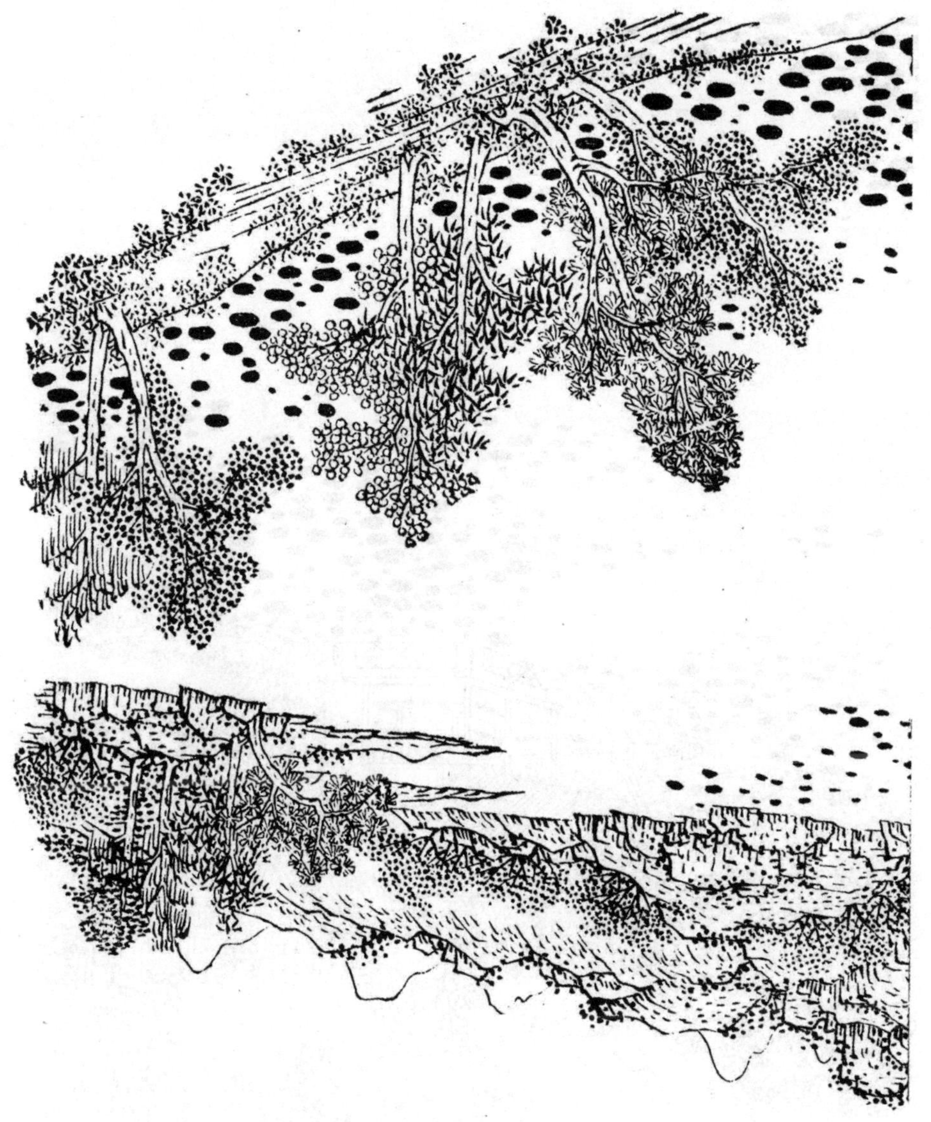

鏡水雲岑

後楹依嶺。三面臨湖。廊廡周遮。隨山高下。波光嵐影。變化烟雲佳景無邊。令人應接不暇。

層崖千尺危嶂。水經注秀嶂分霄層崖刺天謝靈運山居賦羅層崖于户裏列鏡瀾于窗前。朱子詩竦身長林端策足層崖表華談子觀雁蕩諸峯。皆峭拔險恠上聳千尺穹崖巨谷不類他山。元好問詩千尺珠簾得似無。丘遲夜發蜜巖口詩萬尋仰危石。百丈窺重泉。水經注石路崎嶇巖嶂峻嶮。

涵淥幾重碧潭

庾肅之水讚湛湛涵淥。清瀾澄瀋。宋之問詩山水樓臺映幾重。杜甫詩烟霞障幾重。李益詩秋山又幾重。朱子詩興入前山翠幾重。劉勰新論懸瀨碧潭。瀾波洶湧。名畫記飛觀層樓。間以喬木嘉樹。碧潭素瀨。糅以雜英芳草。宋昺詩碧潭宵見月。紅樹晚開花。

獅逕盤旋道北

獅子峪在西北。自鏡水雲岑處對望。見山道盤旋。頗有遠觀之趣。韓愈序是谷也宅幽而勢阻。隱者之所盤旋。王建詩羸馬不知去。過門常盤旋。蔡襄詩山逕何紆盤。[世說]阮仲容步兵居道南。諸阮居道北。

松枝宛轉山南〇

[鶴林玉露]午睡初足。旋汲山泉。拾松枝。煑苦茗啜之。[徐陵文]千齡壽鶴。或舞松枝。[劉楨詩]風聲一何盛。松枝一何勁。[韋應物詩]蓬萊宮裏拂松枝。[晉書皇甫謐傳]宛轉萬情之形表。排託虛寂以寄身。[莊子]椎拍輐斷。與物宛轉。[韋應物詩]遊龍宛轉驚鴻翔。[穀梁傳]水北為陽。山南為陽。[漢書逸民傳]北山之北。南山之南。[王勃詩]山南花圃。澗北松林。[張說詩]山南柳半密。谷北草全稀。

沉吟力盡難得〇

[後漢書曹襃傳]晝夜研精。沉吟專思。[李白詩]笑讀曹娥碑。沉吟黃絹語。[朱子詩]沉吟日暮寒鴉起。[左傳]譬之如天。

其有五材而將用之。力盡而斂之。隋書孜孜不巳。心力備盡。蘇轍題文潞公草書詩應笑學書心力盡臨池寫遍未裁衣。史記時難得而易失。全唐詩話裴説詩。以苦吟難得爲工。滄浪詩話對句好易得。結句好難得。發句好尤難得。

懸象俯察仰察

易懸象著明。莫大乎日月。漢書叙傳炫炫上天。懸象著明。何劭詩四時更代謝。懸象迭卷舒。易仰以觀于天文。俯以察于地理。王羲之蘭亭集序仰觀宇宙之大。俯察品類之盛。李華含元殿賦皇居設位。俯察仰察。

至理莫求别

拔。唐書道德爲麗。慈仁爲美。不過天道。斯爲至理。王康琚詩推分得天和。矯性失至理。張蠙詩真

身非有象至理本無名。朱子詩至理諒斯存萬世與今同。韓愈序往時張旭善草書。不治他技

經書自有包函。漢書壯好經書。寬博謹慎。後漢馮衍與鄧禹書游神乎經書之林。馳情于元妙之中。抱朴子正經為道義之淵海。子書為增深之川流。漢書董仲舒傳臣聞天者羣物之祖也。故徧覆包函而無所殊。

雙湖夾鏡

山中諸泉從板橋流出。滙為一湖。在石橋之右。復從石橋下注。放為大湖。兩湖相連。阻以長堤。猶西湖之裏外湖也。

連山隅水百泉齊。木華海賦波如連山。乍合乍散。楊文公談苑華山南有川。廣

袤數百里。連山洞壑。不知其極。虞世南春夜詩風花隅
水來。吳鎮詩隅水山高青隱日。傍溪古樹綠藏雲。王維
詩山中一夜雨。樹杪百重泉。王安
石詩雨過百泉出。秋聲連衆山。夾鏡平流花雨隄。
李白詩兩水夾明鏡。雙橋落彩虹。又湖清雙鏡曉。
濤白雪山來。徐廣釣賦披芳餌于纖絲。灑長綸于平
流。上官儀詩平流瀉雁行。鄒緝玉泉垂虹詩平流寧
似瀑流懸。劉長卿詩花雨從天落。松風永日來。王建詩
竹烟花雨細相和。蘇軾詩半嵓花雨
落毿毿。楊萬里詩草滿花隄水滿溪。非是天然石
岸起。大唐創業起居注太原獲青石。有丹書天然暎
澈。宋書張數傳清風素氣。得之天然。鄭嵎津陽

門詩注石甕寺嵓下天然石形如甕以貯飛泉李百藥詩橫舟石岸前庾信咏畫屏風詩石岸似江樓李覯詩

一圍石岸刓無迹　何能人力作雕題

詩景山與京踞丘者自然而有京者人力所為姚合題鳳翔西郭新亭詩地形當要處人力是閒時淮南子橑檐欂題雕琢刻鏤西京賦雕楹玉碣甘泉賦璇題玉英

長虹飲練

湖光澄碧一橋卧波。橋南種敖漢荷花萬枝間以内地白蓮。錦錯霞變清芬襲人。蘇舜欽垂虹橋詩謂如玉宫銀界。徒虚語耳。

長虹清徑羅層崖西京賦亘雄虹之長梁。張纘賦耿長虹於青霄。李白詩安得五彩虹架天作長橋。蘇軾詩石橋先去踏長虹水經注金遴清徑象渚澄源陸厥詩杜門清三徑坐檻臨曲池水經注秀嶂分霄。層崖刺天謝靈運山居賦羅層崖於户裏。列鏡瀾于窓前。

岸柳溪聲月照階

梁簡文帝詩岸柳垂長葉。窓桃落細蹤李商隱詩岸柳兼池綠。蘇軾詩溪聲便是廣長舌。山色豈非清浄身。張耒詩嘈嘈虚枕納溪聲。王延壽魯靈光殿賦皓壁皜曜以月照。歐陽詹秋月賦暎階墀以歷歷。蘇軾詩無心明月轉空階。

淑景千林晴日出

唐中宗迎春詩寒光猶戀甘泉樹淑景偏臨建始花杜甫詩花覆千官淑景移。鄭愔春日華望春宮應制詩千林嫩葉始藏鶯。朱子詩江皐晴日麗芳華。孟浩然詩日出氣象分。白居易山枇杷詩瓊枝日出晒紅紗。

禽鳴處處入音諧。

水經注曉禽暮獸寒鳴相和。劉義恭感春賦聽時禽之弄音。杜甫涪江泛舟詩雲輕處處山。綦毋潛詩天花落不盡。處處鳥銜飛。五燈會元天覺璉禪師曰溪山之月。處處同風水鳥樹林。頭頭顯道。拾遺記太平盛明之世。青鸐翔鳴藪澤。音中律呂。書八音克諧。王士熈詩音諧律管凰。

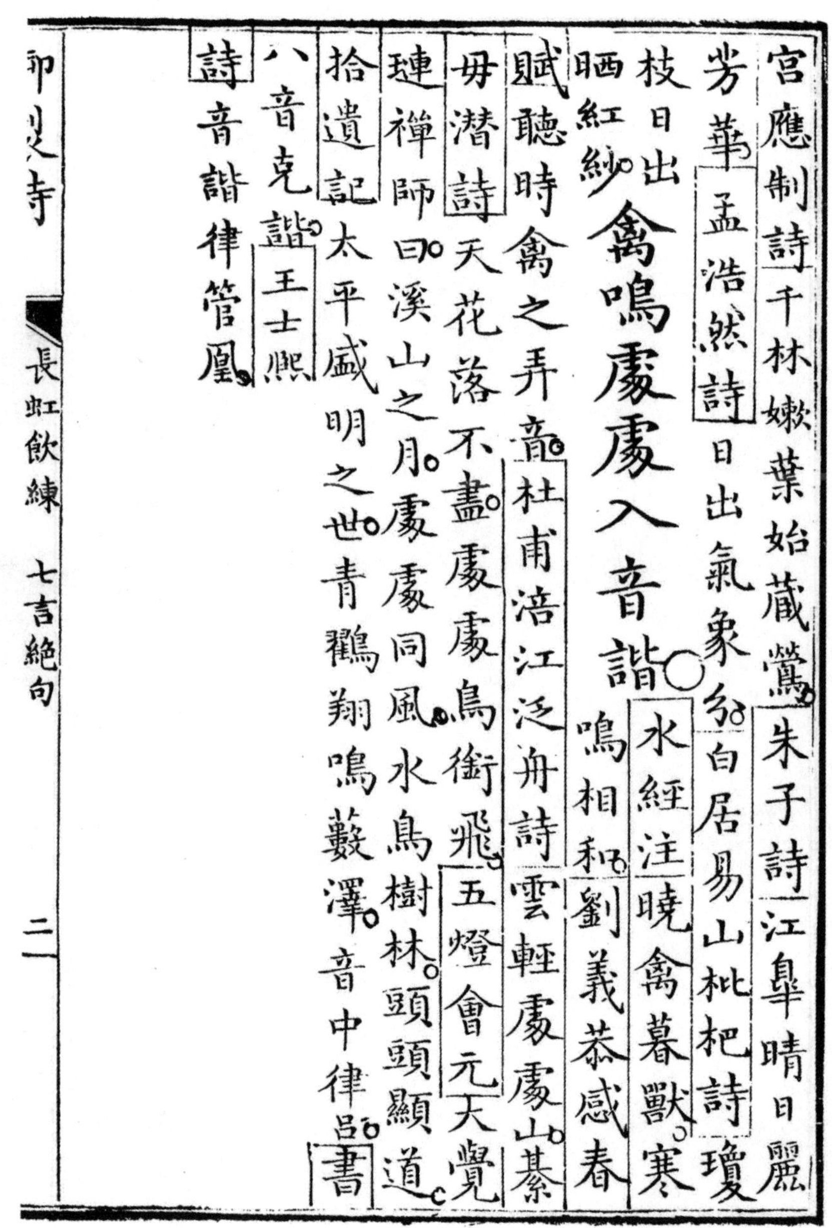

長虹飲練

圃田叢樾

流杯亭之北。爪圃之西。平原如掌。豐草茂木。麢麚雉兎。交物其間。秋涼弓勁。合沗徒。行歩圍。誠獵塲選地。

留憩田間樂。〔詩〕名〔南〕名伯所憩。〔注〕憩息也。異聞記周宗嗇留憩蕭寺。〔朱子詩〕且復

衎身詩

一流憩。考工記匠人爲溝洫注主通利田間之水道後漢書王丹傳每歲農時。載酒肴於田間。候勤者而勞之。杜甫詩香稻三秋水。平田百頃間。曾鞏詩耕耨筋力苦。收刈田野樂。楊萬里詩定知秧疇濶。想見田父樂。

曠觀恤閭閻

○鄒陽上梁王書獨觀乎昭曠之道也。張說詩曠覽天宇遍。國語勤恤民隱而除其害也。班固西都賦街衢洞達。閭閻且千。張衡西京賦便旋閭閻周觀郊遂。白居易詩仁風扇道路。陰雨膏閭閻。朱子詩閭閻豐五袴。藁秸送千箱。

叢林欣賞處

○博物志平衍氣仁。叢林氣壁。方干詩石上叢林礙星斗。褚雲詩映日照新芳。叢林抽晚蔕。陶潛詩奇文共

欣賞。張九齡詩遍地豫豐占◯張說詩月餘遍地

向来同賞處。賞。邵子詩遍地長

芳草。詩小雅大人占之。衆維魚矣。實維

豐年。韓琦詩吾民無足慮。豐歲可前占。

甫田叢賦

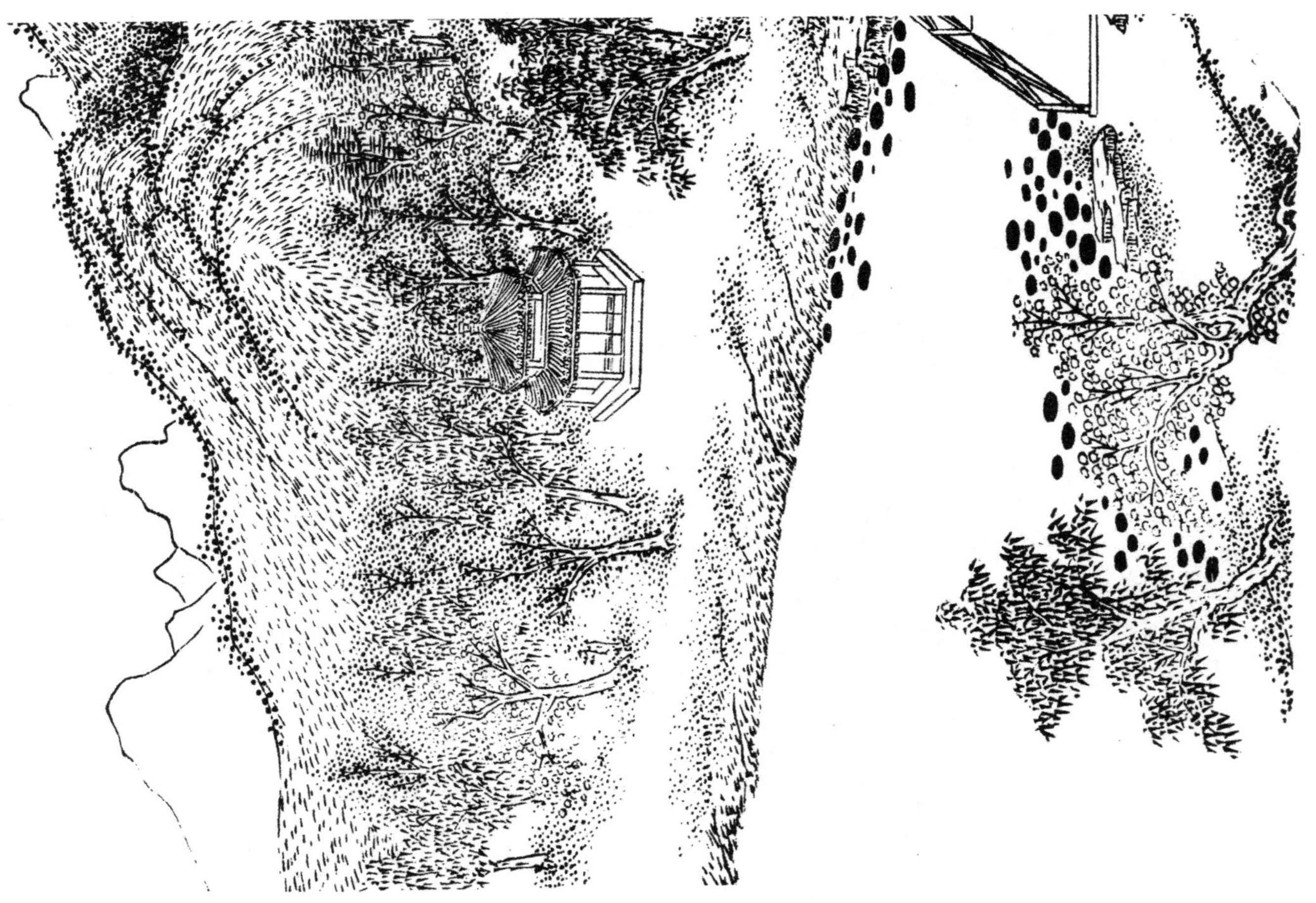

水流雲在

雲無心以出岫水不舍而長流。造物者之無盡藏也。杜甫詩云。水流心不競雲在意俱遲。斯言深有體驗

雨後雲峯澄

王維詩空山新雨後。天氣晚来秋。韓琮詩偃草喜逢新雨後。白居易

詩雨後清和天。蘇軾詩秋後風光雨後山。陶潛四時詩夏雲多奇峯。庾信詩雨住便生熱。雲晴即作峯。韋元旦詩雲峯四起迎宸幄。水樹千重入御筵。朱子詩仰首雲峯蒼。柳宗元記風止雨收。烟霞澄鮮。邵子詩山川澄淨初經雨。

水流遠自凝○

易乾文言水流濕。又坎象辭水流而不盈。淮南子水流而不止。與萬物終始。張華詩仰蔭高林茂。俯臨綠水流。劉得仁詩迴流出幾洞。源遠歷千岑。蘇軾詩雲內流泉遠。周禮考工記水有時以凝。有時以澤。隋煬帝詩月影凝流水。

岸花催短鬢○

何遜詩岸花臨水發。沈佺期詩江路香風夾岸花。李嶠詩岸花明水樹。岑參詩雲低岸花掩。杜審言詩宴

賞落花催。袁暉詩春畏落花催。白居易詩豈獨
花堪惜。方知老暗催。張九齡詩秋風吹短鬢。
高年寸寸增○漢書武帝紀先耆艾。奉高年。古之
道也。宋史禮志淳化三年。幸金明
池。都人縱觀。帝顧視高年皓首者。就賜白金器皿王
隱晉書陶侃曰。大禹聖人。乃惜寸陰。枚乘書寸寸而
度之。至丈必過。白居易詩光陰寸寸流。宋史樂志常
願主人增年。與天相守。隋書天文志虛北二星曰司
祿。司祿增年延德。徐鉉
詩晚院風高寸寸增。

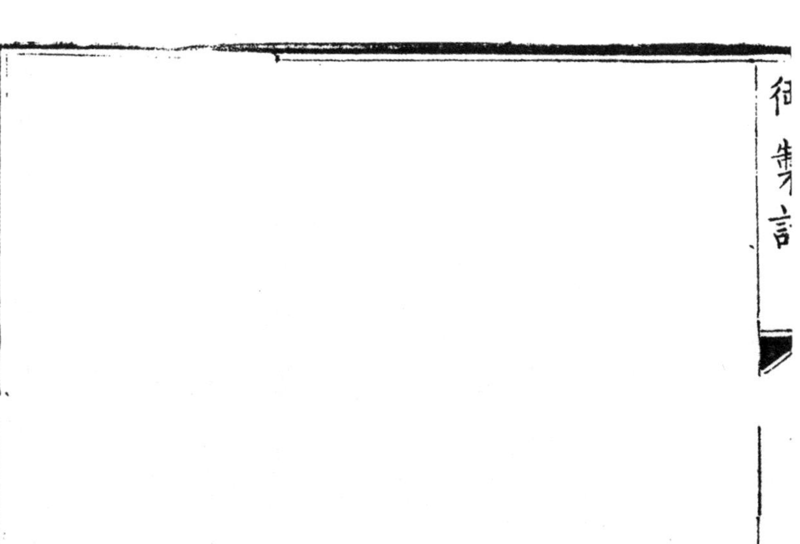

内務府司庫加一級臣沈喻恭畫鴻臚寺序班加二級臣朱圭梅裕鳳仝恭鐫

康熙五十一年六月臣揆叙等恭注

御製避暑山莊三十六景詩仰見

皇上聖學崇深含經味道純粹以精發為詩歌上繼雅頌囊括百家臣等學識弇陋

管窺蠡測未能宣揚

盛美兹蒙

恩諭俾得附名簡末且喜且愧不容於心欽

惟我
皇上聲教覃敷極天所覆盡入版籍要荒之外率同畿甸自　京師東北行羣峯迴合清流縈繞至熱河而形勢融結蔚然深秀古稱西北山川多雄奇東南多幽曲兹地實兼美焉蓋造化靈淑特鍾於此前代威德不能遠孚人跡罕至

皇上時巡過此見而異之念此地舊無居人
闢為離宮無侵民田廬之害又去　京
師至近章奏朝發夕至綜理萬幾與
宮中無異乃相其岡原發其榛莽凡所營
構皆因巖壑天然之妙開林滌澗不采
不斵工費省約而綺綰繡錯烟景萬狀
標其尤者凡三十有六清凉爽塏於夏

為宜每至盛暑則奉

皇太后駐蹕焉泉甘土沃居此逾時

聖容豐裕精神益健盖

皇上憂勞萬民德合於天故天特開靈境以

待

皇上之遊息也臣等忝列侍從時

賜讌遊諸景皆嘗目擊而莫能摹寫及伏讀

御製詩則林泉蒼靄一一湧現於胸中盖此

地之景乃天地山川自然之氣所發著

非

皇上化工之筆莫能傳也而臣等尤有厚幸

者伏讀

御製避暑山莊記及諸詩奉

慈闈則徵寢門問膳之誠憑臺榭則見茅茨不

剪之意觀溉種則念稼穡之艱難覽花蒔則驗陰陽之氣候玩禽魚則思萬物之咸若凡讀者因詩以求諸景之勝豈獨未見者如親歷哉即

皇上敬天勤民與覆載同流之氣象可以昭示天下萬世永永無極矣左都御史兼掌院學士臣揆敘侍講學士臣勵廷儀

侍講臣蔣廷錫洗馬臣張廷玉中允臣
陳邦彥脩撰臣趙熊詔庶吉士臣王圖
炳謹拜手稽首恭跋
武英殿總監造管翻書房原內閣侍讀學士今佐領加二級臣和素
武英殿總監造內務府會計司員外郎兼佐領加三級臣張常住
武英殿總監造內務府會計司員外郎兼參領佐領加一級臣李國屏
武英殿監造驍騎校加一級臣巴實